艾伟
小传

艾伟，1966 年生，浙江上虞人。现任浙江省作家协会主席，杭州市文联主席，中国新生代代表性作家。

著有中短篇小说集《乡村电影》《小姐们》《水中花》《水上的声音》《战俘》《整个宇宙在和我说话》等，长篇小说《越野赛跑》《爱人同志》《爱人有罪》《风和日丽》《盛夏》《南方》等。其作品常常穿梭于历史的迷宫，解构英雄、重塑革命，对人性进行勘探，对灵魂进行拷问，极有思想深度和艺术深度。

其作品多次获得各种奖项：第二届《人民文学》长篇小说双年奖，第三届郁达夫小说奖短篇奖，第五届汪曾祺文学奖，《小说选刊》最受欢迎奖等，其作品还多次荣登中国小说学会年度小说排行榜。

百年中篇小说名家经典

BAINIAN ZHONGPIAN XIAOSHUO MINGJIA JINGDIAN

到处都是
DAO CHU DOU SHI

我们的人
WO MEN DE REN

总主编 何向阳

本册主编 吴义勤

艾伟 著

河南文艺出版社
·郑州·

一种文体与
一百年的民族记忆

何向阳 （丛书总主编）

　　自 20 世纪初,确切地说,自 1918 年 4 月以鲁迅《狂人日记》为标志的第一部白话小说的诞生伊始,新文学迄今已走过了百年的历史。百年的历史相对于古老的中国而言算不上悠久,但 20 世纪初到 21 世纪初这个一百年的文化思想的变化却是翻天覆地的,而记载这翻天覆地之巨变的,文学功莫大焉。作为一个民族的情感、思想、心灵的记录,从小处说起的小说,可能比之任何别的文体,或者其他样式的主观叙述与历史追忆,都更切真实。将这一百年的经典小说挑选出来，放在一起，或可看到一个民族的心性的发展，而那可能被时间与事件遮盖的深层的民族心灵的密码，在这样一种系统的阅读中，也会清晰地得到揭示。

所需的仍是那份耐心。如鲁迅在近百年前对阿Q的抽丝剥茧，萧红对生死场的深观内视，这样的作家的耐心，成就了我们今天的回顾与判断，使我们——作为这一古老民族的每一个个体，都能找到那个线头，并警觉于我们的某种性格缺陷，同时也不忘我们的辉煌的来路和伟大的祖先。

来路是如此重要，以至小说除了是个人技艺的展示之外，更大一部分是它对社会人众的灵魂的素描，如果没有鲁迅，仍在阿Q精神中生活也不同程度带有阿Q相的我们，可能会失去或推迟认识自己的另一面的机会，当然，如果没有鲁迅之后的一代代作家对人的观察和省思，我们生活其中而不自知的日子也许更少苦恼但终是离麻木更近，是这些作家把先知的写下来给我们看，提示我们这是一种人生，但也还有另一种人生，不一样的，可以去尝试，可以去追寻，这是小说更重要的功能，是文学家个人通过文字传达、建构并最终必然参与到的民族思想再造的部分。

我们从这优秀者中先选取百位。他们的目光是不同的，但都是独特的。一百年，一百位作家，每位作家出版一部代表作品。百人百部百年，是今天的我们对于百年前开始的新文化运动的一份特别的纪念。

而之所以选取中篇小说这样一种文体，也是出于这个原因。

中篇小说，只是一种称谓，其篇幅介于长篇小说和短篇小说之间，长篇的体积更大，短篇好似又不足以支撑，而介于两者之间的中篇小说兼具长篇的社会学容量与短篇的技艺表达，虽然这种文体的命名只是在20世纪的七八十年代才明确出现，但三四十年间发展迅速，其中的优秀作品在不同时期或年份涵盖长、短篇而代表了小说甚至文学的高峰，比如路遥的《人生》、张承志的《北方的河》、莫言的《透明的红萝卜》、韩少功的《爸爸爸》、王安忆的《小鲍庄》、铁凝的《永远有多远》等等，不胜枚举。我曾在一篇言及年度小说的序文中讲到一个观点，小说是留给后来者的"考古学"，

它面对的不是土层和古物，但发掘的工作更加
艰巨，因为它面对的是一个民族的精神最深层
的奥秘，作家这个田野考察者，交给我们的他
的个人的报告，不啻是一份关于民族心灵潜
行的记录，而有一天，把这些"报告"收集起来
的我们会发现，它是一份长长的报告，在报告
的封面上应写着"一个民族的精神考古"。

一百年在人类历史上不过白驹过隙，何况
是刚刚挣得名分的中篇小说文体——国际通
用的是小说只有长、短篇之分，并无中篇的命
名，而新文化运动伊始直至70年代早期，中篇
小说的概念一直未得到强化，需要说明的是，
这给我们今天的编选带来了困难，所以在新文
学的现代部分以及当代部分的前半段，我们选
取了篇幅较短篇稍长又不足长篇的小说，譬如
鲁迅的《祝福》《孤独者》，它们的篇幅长度虽
不及《阿Q正传》，但较之鲁迅自己的其他小
说已是长的了。其他的现代时期作家的小说
选取同理。所以在编选中我也曾想，命名"中
篇小说名家经典"是否足以囊括，或者不如叫
作"百年百人百部小说"，但如此称谓又是对短
篇小说的掩埋和对长篇小说的漠视，还是点出

"中篇"为好。命名之事,本是予实之名,世间之事,也是先有实后有名,文学亦然。较之它所提供的人性含量而言,对之命名得是否妥帖则已显得不那么重要了。

值此新文化运动一百年之际,向这一百年来通过文学的表达探索民族深层精神的中国作家们致敬。因有你们的记述,这一百年留下的痕迹会有所不同。

感谢河南文艺出版社,感动我的还有他们的敬业和坚持。在出版业不免受利益驱动的今天,他们的眼光和气魄有所不同。

2017 年 5 月 29 日　郑州

目录

到处都是
我们的，

　　我们单位早在几年之前就已经解散了，同事们被分配到我们城市的各个角落，都已走上了新的工作岗位。 有时候我在大街上会碰到旧同事，大家说起老单位的事情来，还会感慨万千。

　　我们这个城市地处沿海，改革开放后经济蓬勃发展，人们生活大大改善。 俗话说，人往高处走，水往低处流，生活好了，大家的要求就更高了。 本来，我们这个城市除了少部分人还在使用煤球炉以外，大部分居民家都用上了罐装液化气，但罐装气自有不便之处，就是每月要换煤气。 家住一楼二楼还好，要是住在七楼八楼搬上搬下的实在麻烦。 大家都盼望煤气像自来水一样接到各家各户。 这不是说大家没力气搬煤气，实际上，这几年生活改善，吃的是大排海鲜，我们体内有的是能量，搬个煤气罐是不在话下的。 但即使体内有能量，也不能浪费在这种原始劳动上面。 我们现在常常挂在口中的词是生活质量，显然搬煤气罐属于生活质量低下的标志。 就在这个时候，我们这个城市的东郊传出喜讯：某地质勘探队在东郊勘出了天然气。 老百姓奔走相告，都觉得更高的生活质量近在眼前。 当时，我们这个城市的市长刚刚上任，听到这个消息也很振奋。 按惯例，市长上任要提出施政目标，即所谓十件实事。 市长正愁凑不齐十件，听到东郊有天然气，于是就决定把开发天然气列入十件实事之一。 他当即指示：建立班子，天然气工程马上上马。

我们就是在这样的背景下被抽调到一起的。 我们单位的牌子是天然气工程办公室。 我们为了共同的目标来到一起，又同自己的切身利益有关，工作就特别卖力。 我们在上级的领导下，按部就班，买设备，购钢材，铺管道，建贮罐，工作进展得十分顺利。

我们正干得热火朝天，突然传来一个消息：天然气工程暂时停工。 我们都不知道什么地方出了问题，也没多去想它，只觉得休息一段日子也好。 大家想，这么冷的天可以不去野外施工了，可以坐在办公室过温暖日子了，便觉得占了便宜。 于是大家坐在一起喝茶聊天晒太阳，谈谈巩俐和张艺谋，谈谈国际形势，日子过得十分惬意。

老汪是我们计划科的科长。 虽是科长，却不管事，当然不是他不想管事，是因为他同殷主任政见相左，殷主任不让他管事。 老汪不但年纪大，脾气也很大，曾为此同殷主任吵过几次。 当然这种吵是一点用也没有的。 老汪因此对殷主任意见很大。 去年殷主任为职工搞福利，不怎么合法，老汪就写匿名信告了他，为此殷主任向市政府写了一万字的检查报告。殷主任对老汪就更不客气了。老汪没办法，要求调走，可殷主任就是不放。殷主任说，我们要用你。

那天大家对停工一事基本上没什么反应，但老汪的反应却很快。他兴高采烈（或许是幸灾乐祸）地来到殷主任的办公室，在殷主任对面的沙发上坐了下来。他拔出一根烟，自个儿点上，然后美美地吸了一口，又缓缓地吐出。他没发烟给殷主任。殷主任没看他一眼，也拔出一根烟点上。

殷主任没睬老汪，老汪憋不住，就从口袋里掏出早已写好了的请调报告，再次要求调走。老汪说，好了，现在单位完蛋了，买来的设备成废物了，你们也玩完了，春梦一场啊！我可不想再同你们做梦了，我还是趁早走，这回你总该放了我吧？殷主任白了老汪一眼，冷冷地说，拿回去。老汪就跳了起来，说，你还讲不讲理啊？

老汪的声音大，我们都听见了，大家不知出了什么事，都围到殷主任的办公室，发现老汪又在和殷主任吵。老汪说，上次我要调走，你说什么工程搞得如火如荼（老汪把荼字读成了茶字），不让走，现在单位玩完了，你总得放我走了吧？要讲道理是不是？

殷主任热爱群众，只要有群众在，他就有办法对付老汪。殷主任笑着问我们，老汪说我们玩完了，我们完了吗？大家笑笑。殷主任又说，老汪说我们春梦一场，我看他自己倒是像在做梦，他至少没有把停工同下马这两个概念搞清楚。所以，老汪，你应该把这两个概念搞明白了再来找我。

你吵有什么用？

围观的群众就哄然大笑。老汪恼羞成怒，说，你不放我，我就天天同你吵。

殷主任冷笑了一声，说，如果你要吵，我奉陪，反正工程停了，我有的是时间。

老汪气得直骂殷主任卑鄙。

我和老汪还算谈得来。老汪因为不得志需要倾吐对象，需要发发牢骚，讲讲他的人生经验，所以同我特别友好。他的经验毫无疑问让我受益匪浅。老汪是有点好为人师的。不过，在我看来老汪实在不坏，虽说脾气火暴点，但思想是很活跃的。他对我说，我就喜欢和你们年轻人打交道，交流思想。确实老汪这个人心态很年轻，平时西装革履，头发梳得一丝不乱，还喜欢流行歌曲和电影明星，当然容易和年轻人打成一片。

老汪同殷主任吵的这一架让他差点气得吐血。吃中饭时老汪还没缓过劲来，见到我就大骂殷主任。他骂殷主任时我心情紧张，我怕有人听到而告到殷主任那里。幸好老汪骂了一通后顺过气来，就不再骂了。

老汪走后，我回到大伙中间，大家笑问我刚才老汪说些什么。我说，发发牢骚罢了。我知道大家对老汪有看法，自从老汪因为单位搞福利向市里告了一状，我们单位的福利就大不如前，领导们都不肯挑担子啦，因此我们对老汪是很有意见的。我们还认为老汪这个人太笨，他用这种方法是死也调不出去的，他和殷主任斗简直就像是蚍蜉撼大树。

群众的眼光大致没错。老汪在那天吵了一架以后也没采取更激烈的更有效的措施，而是沉下心来，做持久战的打算。我们发现老汪近来老是去胡沛的办公室。

胡沛是个表面外向内心细腻的女人，年近四十，没结过婚，大家背地里刻薄地叫她老处女。当然是不是处女只有天知道。别看她平时嘻嘻哈哈有点疯，但见到男的对她热情脸还是要红的。许多人说她疯疯癫癫是想掩饰内心的羞怯。从这个意义上说，她不失为一个可爱的女人。我们还发现每次老汪去胡沛的办公室，胡沛都会脸红。

你知道，一个人一时没事做是可以的，但长时间没事做就很难受，不好打发时间。总不能老说巩俐吧，好战的南斯拉夫人的政治游戏与我们又有什么相干？我们都感到很无聊。人一无聊就免不了干些无聊的事。

比如有一天，大家正无聊着，五楼小王跑到大伙中间，气喘吁吁地说，他的寝室有老鼠，请大家一起捉老鼠。小王是外地人，因此住集体宿舍。宿舍就在五楼，是办公室改的，内外两间，里间卧室，外间吃饭。我们反正没事干，就来到宿舍捉老鼠。我发现我们单位的陈琪也在小王的房间里。见到陈琪，我的心即刻发酸。老实说我已经喜欢上她了。她是个无所顾虑的女子，一头卷曲长发，脸蛋丰满，肌肤细白，眼神常常流露出一种高傲的倦怠感。当然我没同她说过我喜欢她，我只是多情地默默关注着她。现在我看到陈琪在小王的房间里，因此联想就丰富起来，心中发酸也是难免的。 但处在我这种状态中的男人一般都喜欢往好的方面想，或者对显而易见的事实拒绝承认。 我马上否定了自己的联想，认为陈琪只不过是偶尔来小王这里玩的。 这时，小王说，老鼠在书柜底下，大家准备好，我把它捅出来。 但小王用棍子捅了好一会儿，老鼠没有动静。 小王没法，提议把房间里的家具搬到客厅里。 但就在我们将要搬最后一件家具、老鼠将要暴露在光天化日之下时，老鼠一溜烟窜到了客厅的家具堆里。 见到老鼠陈琪尖叫起来，她的叫声隐藏着女性的娇柔媚态，我听了心不由得颤抖起来。 我一厢情愿地把这声叫视为对我们之中的一员的撒娇（但愿是对我的）。 大家发誓今天一定要把老鼠抓到。 小王来到客厅赶老鼠。 这回老鼠不怎么沉得住气，很快从家具堆里出来跑进了房间。 这次，我们把房间的门、窗都关上了。 老鼠无处可逃，竟沿墙壁往上爬，像壁虎那样灵巧轻盈。 最后老鼠爬到天花板上，两只眼睛血红，害怕而惊觉地看着我们。 大家都看呆了，并且有些害怕。 我不想在陈琪面前露怯相，于是就用棍子去捅老鼠。 谁知老鼠猛地往下跳，跳到陈琪的胸口上。 陈琪芳容失色，惊声尖叫。 我一棍击中老鼠，老鼠顿时在地上一跳一跳的，不能再跑了。 这时陈琪已回过神来，因为意外的刺激，她显得十分兴奋。 她叫得更欢了。 我想很多人都会有我这样的经验，面对一个自己喜欢的女性的欢叫，会干得更卖力。 一会儿老鼠一命呜呼。 大家则都出了一身汗，感到很痛快。 我则更加兴奋，因为在陈琪面前表演了我的勇敢。中午吃饭时大家胃口特别好，彼此也显得很亲热——集体活动总能使大家更团结。 老汪见我们这边热闹，也端着饭碗走了过来，问我们上午在干什么。 我们说在响应上级的号召，除四害。 老汪显然没反应过来，说，什么？ 我说，我们在替小王捉老鼠。 老汪说，你们看来是太无聊了。 有人说，我们搞爱国卫生怎么可以说无聊，我们不能一点事都不做啊。我见老汪说我们无聊，笑个不停。 陈琪说，你笑什么啊？我对老汪说，老汪我们没女人陪当然无聊。 小王说，老汪你要注意，当心人家胡沛爱上你。 老汪说，这玩笑开不得。我们都放肆地笑出声来。 老汪也笑，说，你们这些小流氓。

我们都很无聊，但有一个人总有办法打发时间。 这个人就是老李。

我们计划科老汪不管事，实际管事的是老李。 关于老李这人说起来也是很有意思。 老李今年五十五，看上去比实际年龄要老一些。 他个儿矮小，喜欢穿一件藏青色中山装，中山装衣领处常常有星星点点的头皮屑，头发却不多，稀稀拉拉的就这么几根，还灰黑夹杂，看上去整个儿糟老头子一个。 老李年纪大，却十分好动，喜欢在人家办公室门口东张西望，窥探别人的隐私，还拿别人的信在阳光下照，因此单位的群众有点烦他。 但老李是我们的实际领导，我们科的人即使有意见也不表露，比如有一次，我们工会搞来福利鸡，我们听天由命，抓阄对号，一人一只。 老李抓了5号，但5

号的鸡太小，他就把6号那只大的拿走了。 老李就是有点贪小。

老李对付无聊的办法就是去殷主任的办公室聊天和听指示。 刚开始老李整天坐在殷主任办公室。 老李知道殷主任自从去了日本以后，喜欢讲日本，虽然老李已听了好几遍，但为了殷主任高兴，他还是旧话重提，主动问起日本的事。

殷主任说，小日本，弄得那叫干净，你穿着皮鞋在街上逛一整天，皮鞋还是一尘不染。 他们的天然气厂比我们的公园还像公园。

这时，小王进来了，小王也是个有事没事往殷主任办公室跑的人。 殷主任没睬小王，继续讲他的日本见闻。

殷主任说，日本女人不难看，原以为日本女人都是丑婆，其实不然，日本女人还是很有味道的。

老李知道殷主任喜欢说那"有料""无料"的典，就讨好地问，殷主任，日本人的饭店里都放些什么录像啊？

殷主任说，小日本表面上一本正经，背地里干的事情可那个了。 日本的宾馆里有两个按钮，一个叫"有料"，一个叫"无料"，那"无料"当中的节目同我们的电视节目是一样的，但那个"有料"频道，看了吓死你。

小王开玩笑说，殷主任你看了没有啊？

殷主任哈哈笑笑，没有正面回答，他说，小王，那个东西你们年轻人看不得，一看准出事。

老李对殷主任是很服的。 殷主任私下总是很随和，但在场合上说话就很有分寸，政策水平是很强的。 比如殷主任对老汪掌握得很有政策，殷主任牢牢地把老汪捏在了手心，老汪一点办法也没有。 老汪也只能在一些场合狗急跳墙地来几招。 老李打心里佩服殷主任。

老李不能整天坐在殷主任的办公室里。 他出了殷主任的办公室就没什么人理他了，但他也有办法使自己的日子过得充实。 他想办法弄了本全本《金瓶梅》来。 他从殷主任的办公室出来，就坐在自己的办公桌前，戴上老花镜，津津有味地看了起来。 去年，老李去深圳时买过一套港版《金瓶梅》，封面上写着全本，回来一看连呼上当，里面非常卫生，白白冤枉了一百二十八元人民币。 这回老李看的是小楷手抄体版本。 老李看了啧啧称奇。 老李见到我在办公室，就把我叫到身边。

老李带着沉醉的表情，对我说，小艾啊，像这种书你们年轻人看不得，连我老头子看了也刺激。 说完叭地在食指上吐了一口唾液，利索地翻了一页。

你们知道我看过不少杂书，并且也是喜欢充充内行的。 我咽了一口口水，说，这个版本是毛主席他老人家在世时亲自定下出版的，就一千套。

老李点点头，意犹未尽地说，你知道我是怎样弄到这本书的吗？ 这可是很大的面子啊，我出去别人都是给我面子的，连市长到我们天然气办视察，都要主动走过来同我握手呢。

自从市长同老李握过手后，老李不管讲什么都会条条道路通罗马，讲到这件事。我听了忍不住说，是市长借给你的吗？

老李哈哈笑笑，就不说下去了。

老李读《金瓶梅》读得渐入佳境，也不怎么去殷主任的办公室了。但殷主任传来了话，让老李去他的办公室。老李只得去。

老李进去时，殷主任绷着脸，也没叫他坐。老李只得站着。老李不知道殷主任为什么这么严肃，开始在心里检讨起自己哪些地方做得不对。

殷主任说，有人向我告状，说你在看什么黄书。

老李摸不透殷主任啥意思，心里不觉咯噔了一下，他本能地说，没有啊。

殷主任见老李那样儿，就笑出声来，说，快去拿来，给我看看。

听到这话老李轻松多了。他的心中竟生出一丝感动来，殷主任看得起我，他不把我当外人。于是他就撒起娇来。他说，我急着要还的，别人催得很急。

殷主任说，你少废话，快去拿来。

老李愉快地回来拿他的《金瓶梅》了。看到那些不愿睬他的人时，他就显得有点趾高气扬。他想，殷主任要看那还有什么话说呢，我宁可自己不看也要让他先看。

老李就暂时看不了《金瓶梅》。不看《金瓶梅》，老李也是有办法打发时间的。

　　你可能不知道，老李最反感的是老汪。事情可能是老汪首先看不惯老李引起的。老汪看不惯老李当然有理由：其一，老李把本应属于老汪的权力给占有了；其二，两人的性格合不到一块。老汪看不惯老李，不但看不惯简直是看不起。老汪觉得像老李这样的人简直是人渣，什么东西都要较真，比如有一次，开会的时候老汪的位置靠得跟殷主任更近，老李就不舒服了，会开完后就在科里说，有的人规矩也不懂，我不知是真不懂还是假不懂，自个儿坐什么位置应该知道的嘛。老汪听了，才知自己触犯了他，但也没同他计较。可问题是有时候，虽然事情很小你不同他计较也难做到，很多时候，老汪同老李为了一丁点的事吵了以后，老汪会十分后悔。在老李眼里，老汪给他的观感也不佳。这个老汪，年纪都一大把了，可就是为老不尊，成天游手好闲，嘴里还哼什么谭咏麟的歌曲，唱什么"这陷阱这陷阱给我遇上"，穿得也花哨，头发梳得锃亮，也不知抹了多少油，他总是把自己装扮得像一个小流氓，一副人老心不老的样子。更严重的是这个人花心，专门同女同志搞出事情来，这方面他可是有前科的。老李觉得这个老汪简直是个小丑。殷主任也很烦他。这个人开会时总是同殷主任过不去，一副冷嘲热讽的嘴脸。他总是坐在一把沙发上，双手横着搭在沙发架上，跷着二郎腿。有时候他伸出手去不远处的烟灰盒弹烟灰，往往还没抽完他就把烟蒂揿灭。那烟蒂昂然立着，让老

李看了十分气愤。 老李看到那烟蒂就会想起老汪胯中那物
儿，一股子无名火会即刻上涌。

自从老李看了《金瓶梅》后，他对男女之事更加敏感
了。 老李开始把注意力放到老汪身上。 老李的嗅觉也真是
敏锐，我们怀疑老李的嗅觉是在阶级斗争中锻炼出来的，总
之我们单位的桃色事件就是老李给揭发出来的。

我已经说过了，老汪决定打持久战后同胡沛搞得很热。
你如果来我们单位找老汪，你只要去胡沛的办公室准能找
到。 我们不知道老汪和胡沛在说些什么，我们只看到他们整
天说个没完。 我们并不奇怪，因为老汪本来就是个能说会道
的家伙。

我们单位的四楼有一间活动室，里面不但可以跳舞，还
可以打乒乓球。 在打乒乓球这一项，胡沛是受过专业训练
的，因此我们男同胞同她打往往也只能是败下阵来。 可想而
知，胡沛是喜欢打乒乓的。 但自从老汪和胡沛谈得投机以
来，我们就很少见到胡沛上四楼了。 我们有时候自觉球技长
进，就想到胡沛，想和她过过招，试试自个儿的功力。 胡沛
不上四楼，我们就去请她。 当然老汪和胡沛在一起聊天。
胡沛红着脸，推托起来。 我们就起哄说，胡小姐你再不锻炼
身体，当心嫁不出去噢。 胡沛虽没结过婚，但对婚嫁的玩笑
却并不忌讳。 还是老汪站出来说话了，老汪说，去吧去吧，
你是得锻炼锻炼。 胡沛说，难道我那么胖啊。 我们说，没
自知之明，个儿胖都认识不到。 然后胡沛就同我们去打球

了。

你知道，我们对老汪写匿名信一事很有意见。 我想胡沛也知道大家对老汪的看法。 所以当我们来到四楼，对胡沛说，胡沛，老汪可是个大染缸，你这么纯洁的人当心被他同化。 不料胡沛说，你们有点误解老汪，老汪其实是个挺善良的人，他还是蛮有正义感的。 我们听了都嘎嘎嘎笑出声来，笑得意味深长。 胡沛见我们笑个不停，脸突然红了，她骂道，你们笑什么啊，神经病。

我们或许有点神经过敏，但我们也就是这么开开玩笑，当然我们中的一部分人还是愿意单位来点儿事，好给日益枯燥的日子注入点儿活力，但我敢打赌，除了老李我们中没有一个人愿意鲁莽地撞入胡沛他们的私人生活。 老李不这么想，老李猜想，单位人去楼空的时候，老汪和胡沛一定在醉生梦死。 老李觉得他有义务让他们遵守必要的道德，让他们以后汲取深刻的教训。

老李为了教育他们真是挖空心思。 怎样才能知道他们那个了呢？ 这是首先要解决的问题。 这难不倒老李。 老李和老汪办公的电话是正副机，老李想，如果把电话搁起，老汪那边的声音能不能传过来呢？ 老李这样试了，但他很失望，他听到的只是长音，根本无法传导。 这也难不倒老李。 老李想，他们没干那事他是杀了头也不相信的。 他决定冒一次有把握的险。

那是周末，老李下班时见到老汪与胡沛没走，就知道他

们准有好事。 老李就在楼下耐心等待。 其时虽值暮春，天
气尚寒冷，老李衣衫单薄，立在寒风中瑟瑟发抖，但内心深
处燃烧的熊熊正义之火使他并没感到寒冷。 他把那破旧的老
式公文包挎在臂弯处，手插在中山装袖子里，来回踱步，那
样子像个随时上战场的斗士。 过了四十分钟，老李琢磨他们
已进入了实质性阶段，就摸上楼去。 他出其不意地推开老汪
的办公室，脸上挂着我们熟悉的高深莫测的笑容。 其时，老
汪正捧着胡沛的大奶子不亦乐乎。 老汪被老李的突然袭击搞
得有点措手不及，愣在那里不知说什么。 胡沛满脸通红整着
衣衫。 老李见状，内心复杂，表面上却装作什么也没看到。
老李说，老汪，我打个电话。

　　星期一我们都知道老汪捧胡沛奶子的事了。

　　老汪星期一到单位有点晚。 在爬楼前，老汪照例用手梳
了梳油光可鉴的头发，又掸了掸西装上并不存在的灰尘。 他
哼着曲子上楼，发现我们的眼光有点躲躲闪闪并且意味深
长，角角落落还有人在窃窃私语，他知道老李把事情宣扬出
去了。 老汪年纪虽大，血气却很旺，他奔到老李的办公室，
抓住老李的衣襟就往外拖。 拖到走道上，老汪就把老李的头
夹在胯间。 老汪恶狠狠地说，看你再下流，看你再下流。

　　大家都围了过去。 我说过大家对老李和老汪都没什么好
感，因此也没人去劝。 闹了很久才有人把老汪拉开。 我们
发现老李从老汪的胯间出来时，眼中有泪光闪烁。

　　我们一般说来都有幸灾乐祸的毛病，老汪和老李闹过

后，我们知道他俩也就那样了，翻不出什么花样了，于是我们都把好奇的目光投向胡沛。我们再也不会叫胡沛打球了。我们都站得远远的，看她会有什么表现，我们期望看到胡沛更精彩的全情演出。胡沛的表演很让我们失望。

开始我们怀疑胡沛也许以为我们不知道她那档子事，总之在我们眼里胡沛同以往没有不同。我说过胡沛是很活跃的，一点老姑娘的脾气也没有，这很难得。更难得的是胡沛在出事之后的态度，可以用处变不惊来形容。我们不叫她打乒乓了，她却来到了球室，她说，好多天没打了，我来测试一下你们有没有长进。有些人尽量装得没事一样，实际效果是他越装没事就越让人感到有事。有些人很有正义感，在一旁撇嘴。有些人更残忍些，他们看到胡沛傻傻的样子，就希望她聪明点，让她明白我们已经知道她那些事了。小王就属于第三种人，他说，胡沛，你这几天气色不错，是不是有什么好消息？胡沛傻笑道，你说有什么好消息啊！小王说，你总不会交了桃花运吧？胡沛说，没错，我马上要结婚了。我们都哈哈傻笑起来。

我们都以为胡沛说她要结婚是同我们开玩笑。事实上我们都错了，胡沛真的结婚去了。那是在半个月之后，我们每个人都收到了胡沛的结婚请帖。她在每张请帖中都写上了适合每个人的热情洋溢的文字，她邀请我们务必出席她的婚礼。我们对这个突然降临的婚礼感到不能适应，因为我们从来没有想过胡沛也会结婚，我们一时不能接受她变成一个新娘的事实。 当然，我们最终还是去参加了她的婚礼。 你也知道新郎当然不可能是老汪（老汪还没来得及同他太太离婚），新郎是个十分英俊的小伙子，我们都记起来了，这个人曾来我们单位打过乒乓球、球技也是一流。 现实总是超出我们的想象，胡沛找到这么漂亮的男人谁能想得到呢。 我们开始起哄。 小王说，胡沛，老实交代，你们是怎么认识的? 胡沛说，你们问他吧。 于是我们问小伙子。 小伙子很害羞，只是笑，就是不回答我们，弄得我们心痒痒的，但别人不肯说也是没办法。 顺便说一句，胡沛的婚礼有两个人没来，你猜对了，他们就是老汪和老李。

桃色事件到此结束。 结果你已经知道了，胡沛结了婚，这是好事；老李和老汪的积怨更深了，这就不怎么好了。

天然气停工的那段无聊日子，还有一些事也是值得一说的，这些事同我还有点瓜葛。

你知道我喜欢那个叫陈琪的女孩。 让我伤心的是陈琪看来名花有主了。 至少小王这么说，小王在我们中间暗示：他已经把陈琪给搞到手了。 因此，我们单位的人都把他们看成一对了。

比如有一次，单位搞舞会，我们年轻人就聚在一块儿。小王俨然以陈琪的男友自居了，每当舞曲响起，小王就请陈琪跳，其他人就插不进手，当然也不好意思插手。 我坐在一旁抽烟，心里发酸也是难免。 我没想到的是陈琪和小王跳了几曲后，陈琪来到我前面，对我说，你怎么不请我跳，难道要我请你？ 我请你的话你可不要给我亮红灯啊。 我说，我哪好意思把你们分开，你们是那么那个。 陈琪听了显然很高兴，她说，你吃醋啊。 我觉得这句话大有深意，听了不由得感动起来。 你知道，我这个人有一个致命的弱点，往往在还没有把女孩追到手就爱得死去活来啦，就在心里一遍一遍对她倾诉啦，自己爱得很温柔可别人还蒙在鼓里呢。 我在追女孩子方面很放不开，有点傻帽儿。 因为感动，我心态就很不正常，就想显示一下自己的强项，于是我站起来，说，请你跳舞吧。 我知道陈琪很喜欢同我跳舞，这一点我很有自信，别看我别的地方冒点傻气，可舞跳得不赖，什么国标、迪斯科都会一点。 陈琪就不止一次对我说过，同我跳舞是一种享受。 好吧，就让她享受享受吧。 可是你知道的，我这个人有时候还假模假样，虽然心里是很想把陈琪搂得紧紧的，自从小王宣布陈琪是他的了以后，我就有了心理障碍，不敢把陈琪搂得过分紧了。 我不敢用力，双手颤抖，满手是汗。因此这一次跳舞陈琪基本上是游离于我之外。 有几次在旋转时，陈琪因为无法支撑，差点摔倒。 陈琪不解地问，你今天怎么了？ 跳得这么差，手心还流汗。 你在怕什么，担心谁会吃了你吗？ 陈琪这么说我更加紧张了，正当我尴尬地向陈琪傻笑时，另一对舞者撞到了我的身上，我于是失去了平衡，一滑就摔倒在地，紧接着陈琪也摔倒在我的身上。 我对自己的失态非常恼恨，忙不迭地对压在我身上的陈琪说，对不起，对不起。 我看到陈琪的脸上露出她特有的倦怠表情，她若无其事地爬起来，就往场边走，她的裙子却系绊在我的鞋上，差点又一次摔倒。她只得再一次转过来，用手提了一下她的裙子。我看到她的美腿在裙子里闪了一下。这次陈琪没马上走开，而是伸出手来拉了我一把。她冷漠地说，你没事吧？我顺势爬了起来。这时，小王冲了过来，推了我一下，骂道，你他妈的倒很会占便宜。说完放肆地笑了起来。我知道，小王是吃醋了。小王的玩笑竟然把陈琪的情绪给调动起来了，她突然尖声笑道，小王，你无聊啦。接着就用她的小拳去打小王，小王也不避，嬉笑着任陈琪打。我的心里就很不是滋味，老实说，我一点也不了解这个女子，因为她总是突然兴奋起来，突然变得十分豪放，这之间用不着什么铺垫。我不知道陈琪这是因为爱情还是想掩饰刚才的窘态。我们又回到场边。小王和陈琪坐了下来。这时殷主任走了过来，小王赶紧让座。殷主任说，你们坐，你们坐。小王还是执意让殷主任坐。殷主任说，小王，陈琪啊，什么时候吃你们的喜糖啊？小王说，殷主任啊，吃喜糖是不会忘记你的啦。（瞧，人家都在谈婚论嫁了，我还在自作多情。）小王知道殷主任喜欢跳舞，就对陈琪说，陈琪，领导坐在旁边，你应该主动点请领导跳个舞。陈琪站起来，对殷主任说，殷主任，小王这个人太讨厌，专门发号施令。殷主任说，男人都是这样的。接着他们就下了舞池。我看到殷主任的大肚子抵着陈琪的肚子，他在不停地摇啊摇，样子很沉醉。

　　我这个人不但要冒点傻气，有时候还会冒点酸气。　小王和陈琪好，我的心理不平衡，对小王的看法就有些偏颇。　我很清楚我们单位年长一些的人对小王评价不低。　他们认为小王比较有出息，人勤快，更重要的是尊敬师长。　比如老李教育我时，老是以小王为范例。　老李说，小艾，你看看人家小王脑子多活络，开会的时候，你看他也不闲着，为领导为大家倒倒茶，布置布置会场，很好嘛。　不像你，成天游手好闲，给群众的印象相对就差些。　小艾，你们进单位，就像学徒拜了师傅，干些杂事那是应该的，这样你就入行了，我们也都是这么过来的，年轻时什么苦都吃过，老了才有这点地位。　小艾啊，这是规矩（我对这种说法开始不以为然，后来也有点信了）。　但我有我的看法。　我的看法是小王不勤快，可以说懒惰成性，不信你去他的寝室看看，脏得不堪入目，换下的衣服泡在盆子里可能已有半个月没洗了，正在发臭。　我的另一个看法是小王的城府还挺深。　小王总是去殷主任的办公室，关于殷主任的事小王老是提起——当然提起来总是充满尊敬与赞叹。　小王说，殷主任的威势够足。　每次小王去殷主任的办公室，如果办公室没其他人，那殷主任就比较好说话，会马上叫小王坐，并且会主动发烟给小王。　如果办公室里有客人，殷主任就很会摆架子，连看也不看小王一眼，让小王干站着，从而给客人威慑力。　小王说，殷主任深谙为官之道。　我以为小王真的很崇拜殷主任，有一次，我和小王喝酒，小王多喝了几口，醉了。　我做梦也没想到小王一醉就骂起了殷主任，骂得还很难听。 小王说，姓殷的他娘的是婊子养的，他他娘的不懂得尊重人，他老是在客人面前出我的洋相。 小王说得眼泪和鼻涕横流，惨不忍睹。 我的第三个看法是小王这人还刚愎自用。 你知道我们一伙人总是在一起玩，但是去什么地方玩意见就比较杂，是去卡拉OK呢还是去看电影，我们大多数人往往是随大流，小王的意志就比较强。 他喜欢做主，他不征求我们的意见就做决定。 有时候，我们也烦他这样子，我们偏不同意他的主意。这时他就说，你们不去算了，我一个人去。 你知道大家出来玩，弄得不开心就有点得不偿失，于是我们也就遵从小王的意见。

我这么说人家小王的缺点当然很无聊，谁叫我们不幸成了情敌呢？

因为我对小王的这些看法，因此我认为陈琪如果和小王谈恋爱就有点不值得。 当然这只是我的想法，值不值得只有当事人知道。

你知道，陈琪的气质有点前卫，一般来说，女孩子如果太前卫，在单位里就有点孤立，群众背后说她的话也就不那么好听。 我就不止一次地听到过一些上了年纪的女人说陈琪的坏话，说陈琪很"开放"。 我们这里对女孩最坏的评价就是"开放"。 当然我听了很气愤。 这是正常的，我正爱着陈琪，陈琪在我的心中的地位比较神圣。 可别人不这么想。 他们认为像陈琪这样的女子哪个男人娶了她就倒霉了，谁也守不住她的，她只会满世界撒野。 他们这样说也有他们的道理，他们说，你们瞧，这个女的整天和男孩子在一起，还看什么《金瓶梅》。 确实有一段日子我看到陈琪也在看《金瓶梅》，问她哪里弄来的，她说是殷主任借她看的。 陈琪就是这点不好，这种书当然人人喜欢看，但女孩子应该偷偷地看。 陈琪这个人就是不懂得遮掩。 更严重的是他们还议论陈琪晚上睡在小王的寝室里。 他们说，知道为什么陈琪这几天上班特别早吗？ 她压根儿没回去过，她每天睡在小王那儿。 你知道，我听到这些话比任何人都难过。 我只好对自己说，算了吧，你动什么情，你又不是情圣。

也就是说，我对陈琪不再抱希望，可以说绝望了。 于是我从温柔的一面走到冷酷的一面。 我对陈琪说话开始带刺。事情大致是这样的，就像一个硬币的两面，爱与恨不可分。我这个单恋者也开始恨啦。

比如陈琪有时候找我打乒乓球，我就会面带讥讽，说，你不累吗，你还有劲打乒乓球吗？ 你得留点体力给晚上啊。陈琪并不恼，还用手来拉我的衣服，一定要我去。 我说，你不要拉拉扯扯，影响多不好，要是人家吃起醋来我可受不了。 这时陈琪开始有反应了。 她把脸沉了下来，说，你在说什么呀，你有病啊！ 谁吃醋啊。 我说，你算了吧，装得很纯洁的样子，谁不知道你正爱得死去活来的。 陈琪一笑，说，难道我爱上你了？ 我说，我可不敢消受。 陈琪说，你死样怪气的样子，你想说什么？ 我说，你以为自己保密工作做得很好啊，单位的人谁不知道你们的事啊。 陈琪说，我们？ 我们是谁啊？ 我说，你这人没劲，搞得神秘兮兮的，我替你说出来算了，你们指的是你和小王。 陈琪突然笑出声来，说，你说什么呀，没有的事。 我说，你还不承认，你们的事早已传得神乎其神了，小王自己也这么说，你还抵赖什么？ 陈琪神色大变，她说，小王说我和他在谈恋爱？ 我说，他还说你晚上在他那里呢。 陈琪说，无聊。 说完她再没心思打乒乓球啦。 我听到走廊上的脚步声怒气冲冲。

我开始明白这里面的问题了。 我想我做了件蠢事，看来我可能挑起了一场纠纷。

当天晚上，陈琪打电话给我，说要同我谈谈。 她在电话里怒气还没消。 我当然愿意同她谈谈，反正我也没什么事。陈琪说，她晚上在梦娇咖啡屋等我。 老实说我不习惯去这种比较暧昧的地方，像陈琪这样的女孩子似乎天生有点咖啡馆情结，即使谈没有诗意的事情也想到要去那种地方，当然像陈琪这样的女子还有一种本事就是能把很没诗意的事情谈出诗意来。 我不习惯也得去。 我进去时，服务小姐就把我带到某节类似火车车厢的座位上，陈琪已坐在那里啜饮咖啡。她白了我一眼，说，来啦。 我就坐了下来。 我思索咖啡馆为什么要搞得像一节火车车厢，我猜想是不是因为这样有一种运动感，是一种飞离现实的象征？ 我有经验，在火车上我老是有一些不着边际的幻想，我本人也变得比较有诗意起来。 我坐稳，咖啡也落定在我面前。 我喝了一口假装什么也不知道，问，你有什么事啊？ 陈琪闷闷地说，我找小王谈过了。 我说，噢，谈过了。 陈琪说，我不可能和小王谈恋爱，我怎么会和小王谈恋爱？ 亏你们想得出。 我没吭声，此时我不便吭声。 陈琪继续说，我问小王怎么回事，你猜小王怎么说。 我机械地问，小王怎么说？ 陈琪说，小王说这不是很好吗？ 还说我和他本就很谈得来啊，再说大家都这么说了，说明我和他很配，说不要辜负了大家成人之美的愿望。 陈琪又说，我问小王他自己怎么想，小王说都这样了还有什么办法，当然只有做朋友了，否则太复杂了是不是。 说着陈琪就愤愤不平起来，小王凭什么这么说，小王这个人我算是看透他了，太无耻啦。 我看到陈琪脸上浮现受到天大委屈的表情，于是就想逗逗她，说，对呀，你们做朋友不是也称大家的意嘛。 陈琪说，无聊，我是不会和小王谈恋爱的，我这样同他说了，但他竟然说大家都以为我们在谈恋爱，再说殷主任也讨过我们的喜糖了，怎么能说不谈就不谈。 笑话，照他说来我的婚事还要领导来定。 我说，殷主任向你们讨喜糖我也听到了。 陈琪说，讨厌，我决不会爱小王这样的人，他只知道拍殷主任的马屁，殷主任算什么呀，老实说我只要花点心思，殷主任就……不说了，我讨厌拍马屁的人，我不会嫁给这样的人。 听了陈琪的话我的心很虚，我检点自己的行为，虽然我没有明显的拍马屁行为，但离拍马屁也是很近的，每次找着到领导来到我们中间，我总是不由自主地看着他笑，样子很像一个白痴。 陈琪喝了一口咖啡，她似乎沉醉在自己的世界里，脸上隐约有一丝兴奋。 这让我觉得她的怒火并不真实，也许她喜欢小王爱他呢，也许她喜欢在平淡的生活中来点事呢，或者，她因为突然陷入这个事件的中心而暗暗地乐呢。 当然这些都是我的猜想，陈琪依然露出我能理解的愤怒，她说，老实告诉你，小艾，我觉得这是一个阴谋，是小王一手制造的阴谋，是小王在大家中间传播，使大家相信我和小王真的有事。 我说，你不要追究啦，大家也就是在单位里爱爱，单位里的爱情总是这样的，就像单位里的权术免不了有点阴谋。 陈琪听了我的话，突然陌生地看了看我，说，看不出啊小艾，你这话还挺有哲理的啊。

我的缺点很多，但也有优点，我善于做异性的忠实听众。 自从那次和陈琪在咖啡馆一泡，看来陈琪同我泡出感觉来了，总之，这之后她总是找我倾谈。 原因当然是小王缠着陈琪，让陈琪有一些苦水要倒。

从陈琪口中说出来的小王很没风度——这当然是我想要听到的。 陈琪说，小王每天晚上待在她家门口，她都不敢出去了，她一出去小王就迎上来，要和陈琪谈谈。 陈琪说都谈清楚了，有什么好谈的。 小王说，他的名誉受到了损失，陈琪要负责。 陈琪说，你损失什么了？ 小王说，连殷主任都向我们讨喜糖吃了，你现在说吹就吹，我怎么向殷主任交代。 陈琪说，吹什么呀，根本没谈嘛，有殷主任什么事。小王就急了，说，那你为什么老是来我的寝室？ 告诉你，你不要把我搞得这么惨，这对你没什么好处。 陈琪同我说到这儿，脸上布满了恐惧，陈琪对我说，当时小王的眼光十分骇人，好像想把陈琪吃了似的。 我想小王肯定十分痛苦——在这一点上我和小王同病相怜。 我想起来了，这几天，小王失魂落魄的，头也没梳，全然不像从前那样讲究外表了。 有时候，我碰到他同他打招呼，他要么不理我要么怨毒地看我一眼。

陈琪总是找我谈，我免不了有点动心。 我觉得我对陈琪的爱情似乎有点盼头了。 但很多时候我会悲哀地想，如果女人们对我太放心，什么都同我说，女人们八成把我当成不男不女的中性人，她们大都不会爱上我。 然而我也想干点傻事，我侥幸地想，我得同陈琪说说我的感受，可能是鸡蛋碰石头，也可能就成了呢。 于是我沉浸在幸福中。 还是在那家梦娇咖啡馆，还是在那节火车车厢里，我把自己的情绪酝酿得像一架随时发射的火箭，非常坚挺。 陈琪刚刚倾诉完别人给她的奢侈的爱，我见缝插针还想让她再奢侈一回。 你一会儿就知道了，我刚点燃，火箭还没离开地面就不幸坠落了。我看到陈琪脸上的恶笑。 我知道爱情的大门向我关闭了。一阵难堪的沉默之后，陈琪开始了她另一轮烦恼。 她说，你们真是无聊，为什么要找单位里的人做女朋友。 我说过我对陈琪说出我的想法，有很大一部分出于侥幸，因此对陈琪的反应也不是很意外。 我自嘲道，我们是很无聊，我们只不过是单位这口井中的井底之蛙，眼睛只瞪着蝇头小利，不幸的是你是这口井中仅有的几只母蛙，于是你也成了我们的蝇头小利。 我这么说一点诗意也没有了，陈琪肯定很失望，幽幽地说，你这个人真是刻毒。

你知道爱情这东西，没说出来那是很美好的，一个人晚上可以傻乐，可以倾诉，可以自怜，一旦说出并且毫无结果就全变味了，你马上会进入别一个层面：懊丧、尴尬、失落、虚无。 在送陈琪回家的路上，我基本上落入这些情绪之中。 其实我是想马上离开陈琪的，我送她只不过出于人们常说的绅士风度，出于维护那最后的自尊的需要。 就这样，我带着恶劣的心情送她回家，没想到还有更恶劣的事在不远处等着。

不远处，在陈琪家门口，小王红着眼等着我们。 他的头发竖着，我已看出某种战斗的姿态。 果然，在我欲上前同他打招呼时，他冲了过来，对着我的脸给了我狠狠的一拳。 这一拳来得很是时候，要是平时我可能也就算了，原谅这个失恋者了，问题是这天晚上我也是个倒霉蛋，心情恶劣，也想找点事发泄发泄，没想到事情找上门来了。 我不甘示弱，奋起还击。 于是在陈琪家门口演出了一场拳击赛。 两人打得鼻青脸肿不要去说它，更倒霉的是那里刚好住着一个警察，见我们耍流氓，就把我们抓了起来。 这事就闹大了。

自然而然，我们单位的领导和群众都知道了这事件。 于是大家又兴奋了一阵子。 事件的结果你也能猜想到，就是：陈琪留下了脚踏两只船、水性杨花的恶名（其实没这件事她差不多也有这样的名声了），小王得到了普遍的同情（大家认为小王同陈琪还是早分开好，迟分开不如早分开），而我成了横刀夺爱的勇士。

我们单位的日常生活因为老汪的桃色事件及我和小王斗殴事件（这个事件被大家包装成了三角恋爱）而变得生动起来，成为我们生活和工作中的亮点。但这些事让殷主任很头痛，他在会上点名批评了我们，并说，他会狠狠地处理老汪、小王和我的问题。老汪看来一点也不担心，照样很轻松，喜欢和我们年轻人吹牛。我和小王却很担心，我们不知道殷主任会怎样狠狠地处理我们。殷主任还没来得及处理我们的事，另外的问题又来了，殷主任只好把我们的事搁下来。

殷主任碰到的问题十分棘手。殷主任接到上级通知，日本人又要来参观我们的天然气工程了，要殷主任做好接待准备。殷主任很着急，嘀咕道，他妈的小日本又来了，可是我们有什么可以给人家看的呢，我们停工已有好几个月了呀。

殷主任的着急是有原因的。你一定知道日本原来有一个首相叫中曾根康弘的，他当上首相没多久就来到中国，他的口袋里带了一些钱，是借贷给中国政府的。照日本人的说法，这些钱的利率很低，基本上属于赠予性质。我们这个城市为了开发天然气有幸得到了这笔钱中的一小部分。现在我们已很好地使用了这些钱，我们靠这些钱建设了贮气罐，铺设了管道，购置了设备。但是这笔钱也不是那么好用的，日本人的规矩特别多。用他们的钱要照他们的规矩做，这也是没有办法的事。 我们每半年要向日本人汇报工程进展，还要报计划之类的文件，而日本人每年六月都会来实地察看，检查是否按计划实施。 日本人来时还要带上一些日本专家给我们上课，讲天然气发展现状。 日本人也蛮好为人师的。

殷主任知道，日本人很认真，日本人想看天然气工程你没办法不让他看，但如果给他看，让他知道我们停工了，日本人就要有意见，就要生气。 日本人一生气钱就拿不到了。钱拿不到，殷主任没法向市里交代。 殷主任一时想不出怎么对付日本人。 殷主任感到肩上的担子骤然重了。

殷主任决定发动群众，集思广益。 他想办法总比困难多，总能想出对付日本人的方法吧。

群众很久没有正事可干了，听到日本鬼子要来了，心里既紧张又兴奋。 紧张那是当然的，难题明摆着，我们停工了，工厂目前还是一块平地，虽然设备已买，厂房还没盖好，无法安装，设备烂在仓库里，总不能让日本人看一块空地吧。 我们都明白让日本人看到我们的现状国际影响不好，这不是我们这个单位、这个城市的问题了，而是关系到国家的问题了。 我们兴奋是因为我们面对这局面时产生了强烈的爱国激情。 我们决定为了国家的荣誉，一定要想出对付日本人的办法，让日本人好奇地来，糊里糊涂地回去。

最兴奋的要数陈琪。 在殷主任还没有来得及发动群众以前，陈琪已提前进入了接待日本人的状态。 我们都知道陈琪在我们单位的价值是和日本人联系在一起的，因为她会说日语。 如果说这之前陈琪在我们单位里是个可有可无的边缘人的角色(事实上陈琪也懒得在单位里干正经事),日本人来了,她就自然而然进入了主流。 可以说日本人的到来是陈琪一次欢畅的呼吸,是一个真正的节日,是一次货真价实的自我实现的机会。 是的,陈琪喜欢那样的感觉,当她同日本人叽里咕噜说话时,大家都会注视着她,眼含艳羡。 更美妙的是,当她把日本人的话翻译给殷主任时,她的表情会不自觉流露出某种居高临下的气势,同时她看到殷主任总是谦和地笑着同她说话(事实上当然是对日本人说的)。 这时,她觉得殷主任简直不值一提。 因此,日本人来了,陈琪觉得很好,再加上爱国情感,她感觉就更好了。

陈琪上班的时候,带来一只随身听和一本日语书。 她一上班就戴上耳机听日语。 当然她是在练听力。 那日语书据说是科技方面的。 她说日常对话是没问题的,一些科技词汇还要温习温习。

我对陈琪的爱情因为遭到无情拒绝,我不愿意再和陈琪待在一起(我的气量就是不够大)。 我见她一边听日语一边看书,搞得这么热闹,很想走过去笑话她几句,一想也没意思,就回到自己的办公室。 我没去,陈琪却来了。 她还是戴着耳机,嘴上嗑着瓜子。 她大摇大摆地坐在我的桌上,对我叽里呱啦说了一通,声音还很响。 我当然听不懂日语。 她见我很茫然,就笑了。 她把一只耳机塞进我耳朵里。 我听到随身听正在播放流行歌曲。 她见我吃惊的样子便大声地笑了起来。 顺便说一句，自从我同她表白了以后，她在动作方面对我亲昵多了。 她是不是认为从此有权对我亲昵一点呢？ 老实说我对她这样自以为是很恼火。 这时，殷主任走了进来。 陈琪赶忙把耳机收了起来，对殷主任说了一通日语。 殷主任说，小陈，用你的时候到了。

殷主任刚走，老汪就进来了。 我以为老汪大约对日本人来这件事不会很热心。 我错了，老汪很热心。 老汪一见到陈琪，就向陈琪请教日语中的"你好"怎么说，陈琪也好为人师，不厌其烦地教老汪。 但老汪的发音总是走样。 我见他们两个掀起了学习高潮，特别是老汪一本正经的，像是要替代陈琪当翻译去似的。 我说，老汪，你不是希望天然气办倒掉吗？ 日本人来了有你什么事啊。 老汪说，小艾，你这样理解我我是要生气的，我老汪觉悟那么低吗？ 我告诉你我讨厌日本人。 想当年，我爷爷就是被日本人给打死的。 说到这里，老汪的眼睛红了。 我们不知道老汪的家史，等着老汪痛说。 老汪接着说，冬天，日本人让我爷爷去河里抓鱼，冬天啊，你知道河水都结了冰，我爷爷跳进水里，一条也没抓到，日本人很生气，就给了我爷爷一枪，我爷爷当场死了。 听到这儿，我们对日本人就更反感了。 我们都了解日本人当年侵略中国时真是无恶不作，我们对日本人一向没有好感。 一会儿，老汪又说，因此，我们决不能在日本人那里丢脸，家丑决不能外扬，我们自己关起门来吵是一回事，对付日本人是另外一回事，决不能让日本人小瞧了我们。 老汪说到这儿，脸上升起庄严的表情。 我没老汪乐观，我说，事情已到了这一步，日本人一定会知道的，日本人又不是傻瓜。 老汪诡秘一笑，说，我有办法了。 我问，什么办法? 老汪笑而不答。

这几日，我们单位有一种大敌当前时的精诚团结，我们的精神也很饱满，特别是殷主任发动群众，做了动员报告后，大家的激情更是澎湃。

动员大会是在四楼会议室召开的，全体群众都准时参加，无一人缺席(噢，对了，胡沛因度蜜月没有参加)。 殷主任是很会调动大家的乐观主义情绪的，殷主任说，日本鬼子进村啦! 但是，大家不用怕，我们有办法对付他们。 办法等会儿再说，我先给大家说一个笑话。

殷主任还没说笑话，群众已经在呵呵呵傻笑了。 群众的笑有时候有点像自来水，只要领导需要就能随时提供。 有时候，我讨厌自己这么白痴，告诉自己不要这样笑，但过后就忘了，没多少工夫又这样跟着笑。 我悲哀地想，我这样笑是出于本能。

殷主任继续说他的笑话。 他说，你们已经知道了，来的日本人叫佐田。 这个人油，同我们寒暄时一口中国话，在饭店里还老看人家服务小姐，我们陈琪漂亮，他的眼睛就离不开陈琪。 我因此还同陈琪交代过，要陈琪当心一点。 陈琪是不是?

我们都机械地掉过头去看陈琪，陈琪的脸上看不出任何表情。 但我们能想象陈琪和那个叫佐田的人交谈时兴高采烈的样子。

殷主任接着说，这个人油，这一点很像一个中国人。 有一次我带着佐田去另一个城市玩，接待我们的人竟以为他是中国人而把我当成了日本人，他们对我又握手又鞠躬，而对佐田打起了哈哈。 我对他们说中国话，他们还夸我中国话说得好。 真是岂有此理，堂堂中国人难道连中国话也说不好？

这事我们已听殷主任讲了无数遍了，我们还是笑得很开心。 我们相信这事，因为殷主任有点矮，脸上的表情又有点日本式的威严，人家把他当成日本人是很有可能的。

殷主任继续做报告。 他说，但是请大家不要掉以轻心，这个日本人大大地狡猾，严肃起来是一点人情都不讲，他只要一讲起正事就他娘的说日本话，人也顿时变得像夹了夹板似的一本正经。

大家知道，殷主任要切入正题了。 于是，都静下来，看殷主任做什么样的决断。

果然殷主任的声音陡然提高了八度，让人感到振聋发聩。 殷主任说，这次日本人来，说是想看看我们的厂，但我们没有，怎么办？ 怎么让日本人相信我们正干得热火朝天？ 带他们去哪里转转？ 殷主任提了几个问题后，扫视了一下整个会场，说，大敌当前，一致对外，个人的意见日后再说，我在这里要表扬老汪，大家都知道老汪和我吵过，但让我高兴的是老汪在大是大非面前不计前嫌，主动献计献策，很让人感动，这说明老汪同志是一个有原则有立场的好同志，我这里要隆重表扬老汪同志的这种精神。 最后，殷主任号召我们，要多动脑筋，想出办法来，总之，要让日本人高兴地来，愉快地走。

殷主任提出的都是棘手的问题，对立得没法统一。 大家开始根据殷主任的思路想办法。 大家交头接耳，议论纷纷。有骂日本人多管闲事的，有发中国式牢骚的。 只有老汪悠然自得，一副成竹在胸的样子。 因为殷主任的表扬，老汪在我们的眼里就特别显眼。

见大家都想不出好主意，殷主任亲切地对老汪点点头，说，老汪，你同大家说一说，你有什么办法。

我们停止讲话，都看老汪。 老汪一副骄傲的样子，他卖关子似的清了清嗓子，然后又呷了一口茶。 我们都耐心等着。 脑子是人家好使，有什么办法，不服气自己也想一个妙计试试，也可以这样威风。

老汪终于说话了。 老汪说，我想你们都已听说了，最近化工厂刚刚竣工。

我们说，是的，是的，报纸已经报道了。

老汪说，我在想，是不是可以把日本人带到化工厂去参观，化工厂的工艺同我们净化厂可以说一模一样，带日本人去那里，日本人不一定能看出来，日本人不见得个个是专家。

老汪说到这儿已是神采飞扬。 我们都笑出声来，为老汪的主意喝彩，心里面竖起无形的大拇指。 我们说，日本人他妈的杀了我们那么多人，光南京大屠杀就三十多万，我们蒙他们一回还算仁义的呢。

这时，老汪摸出一根烟，啪的一声点上，然后吐出一口。 他的手很小，胖乎乎的，暖烘烘的，手背上还有一些老年斑。

老李见老汪得意成这样，既嫉妒又看不惯。 当然老李内心对老汪这么妙的主意是服气的，他很遗憾自己没想出来。 老李看不惯老汪的这双手。 这双手老让他想起老汪玩过的那些女人。 老汪一把年纪了，他的手却如此滋润，甚至能感到他皮下不安稳的血液。 老李看了看自己的手，有些干瘪。 老李不甘示弱，也想露一手，不过老李只能在老汪的基础上发挥发挥了。

老李说，殷主任我也来谈点想法。 我们去日本，日本人总是带我们去参观他们的机械化工厂，态度很傲慢，好像我们没有机械化似的。 因此，是不是可以这样，到安装公司借几辆吊车来，放到管道工地上，吊上几根钢管，让日本人也见识见识我们的机械化操作。

听到这儿我们都开心地笑了。 过去安装管道，我们从来没用过吊车，因为吊车还没简易装置效率高。 思路是有了，大家就顺着这个思路想细节。 有人说，再写几幅欢迎日本人的标语。 有人说，再买几挂鞭炮（当年我们这个城市还可以燃放鞭炮）。

这次会开得很成功。 殷主任根据大家的意见做了总结发言。 殷主任根据大家的意愿进行了分工安排。 有人负责买鞭炮，有人负责写标语，有人负责借吊车，有人负责运送钢管到工地。 殷主任最后说，好，我们就这么定了。

我和小王刚犯过错误，殷主任没给我们安排任务。 我们很想有点事干，可以将功补过。 小王和我刚打过架，但你知道在爱情方面我们两个都是倒霉蛋，因此，彼此并不把吵架放在心上。 爱情有时候很像评先进生产者，大家都评不上，心理就比较平衡。 小王找到我，对我说，小艾，这事我们不能靠边站，我们也应该出点力。 我说，我当然想出力，可人家不让出力。 小王说，我们应该去请战，我们应该做出姿态，至于人家用不用我们，那就是人家的事了。 我说，你说怎么办？ 小王说，我们一起去找殷主任。

我们来到殷主任的办公室。 刚开好会，殷主任兴奋劲还没过去。 听到我们这样一个态度，他的脸变得十分慈祥。老实说我从来没从他的脸上见到过如此慈祥的笑容。 殷主任连声说，好好好，你们来得正好，化工厂的事还没有落实，正需要人去，这事就交给你们了，担子不轻，好好干。 我和小王高兴得不知怎么好。

第二天，我和小王就来到刚刚竣工的化工厂。 我们揣着介绍信径直找到化工厂的领导。 化工厂的领导留一个漂亮的大背头，乍一看有点像中央某位领导。 他好像知道我们要来似的，双手紧紧地握住我们的手，他的掌心很暖和，脸上的笑容也让人感到暖和。 我们想，这是一位成熟的领导。 我们还没来得及开口说明来意，他先说了。 他说，你们的困难我听说了，殷主任电话里都同我说了，你们殷主任是我的老领导，他的事我当然要办。 我们没想到殷主任已打过电话，见这领导如此热情，我们的感觉也好了起来。 我们说，日本人真的是多管闲事。 那领导说，日本人他娘的过去带枪来中国充大爷，现在拿钱来充大爷，我们国家穷啊，总有一天，我们也借给他娘的日本人钱，到日本列岛上充大爷。 我们说，那是，那是。 我们骂了一会儿日本人后，谈起接待日本人的一些细节。 没一会儿工夫细节就谈完了，那领导早已替我们想周到了。 我们就打电话给殷主任。 殷主任说，日本人下午到化工厂，要我们等着。

　　已近中午，我和小王打算去小酒馆吃饭。 我们为谁出钱请客争论起来。 我说，应当我请客，因为我曾使小王不愉快。 小王说，应该他付钱，他误解了我，很不应该，他想趁这个机会向我赔罪。 我知道小王的意思，在爱情方面我们可以同病相怜。 小王显然是个失败者，而我也没有捞到什么油水，我们之间因此就平等了，平等就可以对话，就可以称兄道弟，就可以说说我们爱过的女子的坏话。 果然小王在几杯酒下肚后，热泪盈眶地握住我的手。 小王说，兄弟，我算是看穿女人啦，女人不能他妈的抬举她们，对她们狠一点她们才舒服。 我也很激动，说，那是那是。 小王说，你都不知道，我这次算是栽了个大跟斗，上了陈琪这妞的当，我开始对她并没有感觉，可她老是往我宿舍跑，弄得我心里痒痒的，等我对她有了感觉，她他妈的就傲了，我为她做了多少事啊！ 单位分的东西是我替她驮回去，她家要灌煤气也是我出马，她居然说对我毫无感觉，她这不是玩我吗？ 我说，小王你这样说陈琪我可不同意，你把陈琪说得太坏啦，她也就是虚荣一点，可是这也是女孩子的通病啊，简直不算缺点，陈琪这个人还是比较正直的。 小王笑着说，小艾你把人家护得这么好，看来你还爱着人家。 我说，小王你又胡说了，你是不是喝醉了？ 小王说，虚伪，都这时候了你还不肯说真话，我可实话实说啊，我虽说陈琪的坏话，可心里还是对她很那个的。 我说，看不出来啊，你还挺深情的。 小王说，你猜猜我最担心的是什么？ 我问，什么？ 小王说，陈琪如果同外单位的人谈恋爱就算了，如果她同我们单位的人谈那我会痛苦死的。 我说，这就好比外单位发几千几万的奖金我们不眼红，但如果小王你比我多得十元奖金，我心里就会不平衡，兄弟你讲了句真心话。 小王说，兄弟，为真心话干杯。

这天我们一共喝掉十瓶啤酒，要不是下午要对付日本人我们还可以喝十瓶。

在我们来化工厂的时候，殷主任、老汪、老李、陈琪等人开车去宾馆接日本人了。 他们先在宾馆会议室举行了一个简短的见面会。 殷主任见到的不是佐田，而是另一个长得很瘦很高的日本人。 殷主任朝上望了一眼日本人，想，他娘的日本人也长得这么高了，没道理。 日本人是由市外办的小赵陪同而来，殷主任没见过小赵，小赵给殷主任递名片，殷主任知道小赵身份后，握住小赵的手，连说辛苦。 听小赵介绍这日本人叫山本。 山本像佐田一样会说中国话，不过比佐田说的口音重一点。 你知道，这种场合陈琪是主角，但这次陈琪这个主角很不过瘾。 陈琪见到山本，照例用日语来一通问候，但山本不是佐田，竟然对陈琪的美貌无动于衷，山本冷冷地看了陈琪一眼，用日语说了声，你好。 然后用中文说，你不用说日语，大家说中文，我正在学中文。 陈琪不甘心，还是不依不饶说日语。 山本再也没理她。 陈琪很扫兴。

去工厂参观的车上，山本突然怜香惜玉起来。 当时陈琪因为扫兴，正无精打采地靠在车窗边。 山本回过头来，对陈琪笑了笑，说，陈小姐，你的普通话讲得很好啦，你可不可以教教我啊。 陈琪一时没有反应过来，茫然地看着山本。 山本又笑了笑，继续说，中文是一种美好的语言，自从我学习中文以后，已爱上了这种语言，中文说起来铿锵有力，平仄分明，比我们日本话好听百倍。 当然，我们日文不能和中文比，中文博大精深啊，我们日文只不过向中文学了一点皮毛——把汉字写得潦草一点而已，这是常识。 殷主任听了这番话，很感动。 他当即对陈琪说，小陈，你要好好教教山本先生。 陈琪对山本的话很抵触，山本这么说等于在暗示陈琪不用学日文，简直胡说八道。 但这个日本人向她学中文她也是很开心的，她又有点进入主流的感觉了。 山本接着说，你们知道日本人最喜欢的汉字是哪一个？ 是"爱"字。 你们中文这个"爱"字简写后更生动，过去爱要有心，现在爱不用心了。

这个日本人，心思似乎不在考察工厂上面，他更关心文化。 他走马观花参观了工厂，就要求见识一下博大精深的中华文明成果。 殷主任当即拍板要陈琪陪同参观我们祖先无意留在这个城市的文明碎片。 我们都感到殷主任这个决定的暧昧意味。 我（可能还有小王）希望陈琪不接受这个任务或者再叫一个人陪同，但陈琪没任何意见，高兴地去了，和山本一同研究所谓的汉语去了。 难怪大家对陈琪会有一些不好的说法。

日本人照例在走之前要给我们上课。 我们天然气办的人不止一次听日本人讲课了，对日本人这套也不感到新奇了。 大家知道，日本人讲一次课我们付点讲课费就完了，也就走个过场而已。 课讲完，日本人走人，本次接待就算完了。 当然殷主任会去机场送日本人，顺便送一件古董给山本（古董早就买好了）。 所以大家去听课时担子都卸了下来，显得十分轻松。 去听课的路上，我和小王还开陈琪的玩笑。 小王说，陈琪，山本没对你不轨吧？ 陈琪生气了，说，你们这些人就是无聊，人家没你们想的那样肮脏。

这次上课，山本没和我们谈当今世界天然气发展现状，而是谈起日本义化和美国义化的差别。 山本说，当今世界日本经济如日中天，美国人很眼红，都在研究日本体制，认为日本体制了不起，美国人想学日本的。 美国人这几年经济不景气，失业的人很多，美国人就想来日本打工。 但美国人自由散漫，不懂规矩，不适应我们那一套。 于是我们就发明了一种机器，叫体制培训机。 这机器很了不起，那些不懂规矩的人只要在机器里坐上一个小时，出来时就很日本化了，就会鞠躬、说"是"了。 我今天之所以对你们谈这个，就是要向你们推荐这种机器，我这不是为发明这种机器的公司推销产品，主要是我认为这种机器你们肯定也是用得着的。 我知道现在中国人思想很复杂，什么想法都有，甚至有提出全盘西化的人，这些人就应该在这种机器里坐一坐，给他灌输点东方文化。

我们听得眼界大开。 殷主任亦听得津津有味。 殷主任听出了意思，听出了感想，他意味深长地看了看老汪。 殷主任想，像老汪这样的人就应该去这种什么机器里坐一坐。

我们都以为这次在对付日本人这事上可以得满分，哪里知道天有不测风云，殷主任忽然收到市里的通知，说又一批日本人来了，要殷主任赶快去外办见日本人。 殷主任一时弄不明白怎么又来一批日本人，等见到日本人才知道自己把事情搞砸了，那个叫山本的根本不是他要见的人，也许还根本不是个日本人。 殷主任这才知道自己可能被人蒙了一回。

这次来的是佐田。 殷主任进去时，佐田并没像往常一样同他打招呼，而是黑着脸，庄严得像日本天皇一样。 一会儿，殷主任明白佐田为什么绷着脸了。 殷主任知道原委后吓得小便差点失禁。 殷主任从这个日本人的口中了解到了天然气办的命运已经尘埃落定，注定以悲剧收场。

你知道我们办事情的规矩，我们在一些事情上保密工作做得比较好，对自己人做得更好，对外国人相对做得差一点。 因此有关消息常常是出口转内销才得以进入我们的耳朵。 这次也是这样，要不是佐田强烈抗议，殷主任还不知道内幕呢。 佐田向殷主任出示了一份文件，要殷主任解释怎么回事。 殷主任一看傻了眼。 那是一份有关我们这个城市东郊天然气的最新的勘探报告，报告的结论是：东郊根本没什么天然气。 这意味着什么？ 殷主任的脑子飞快地转动起来。 这意味着我们白干了！ 意味着我们马上得收摊！ 意味着我们花钱买来的设备成了一堆废品！ 意味着惊人的浪费！ 意味着日本人会生气并且把钱讨还！ 意味着老百姓盼望的提高生活质量的愿望破灭了！ 意味着市长的实事少了一件！ 意味着人大会提出很多问题！ 意味着有人将成为这个决策的替罪羊！ 殷主任想到这儿早已出了一身冷汗。

于是事情就有点闹大了。 殷主任当天就被市长召了去。 我们不知道他们在谈些什么，我说过我们在一些事上保密工作做得比较好。 总之，那天谈话以后，我们殷主任就有点郁郁寡欢。 我们也只好瞎猜猜：殷主任正承受着巨大的压力。

没几天，殷主任生病了。 我们开始以为殷主任得的是家常病，我们是在老李悲壮地讲述之后才明白殷主任的肝出了大病，初步的诊断已经出来了，是肝癌。 现在，大夫们正在会诊。 我们听到这个消息都惊呆了。 我们都知道这世上有两种病没办法治，一种是艾滋病，一种是癌。 得了癌就等于判了死刑。 你一定能体会到我们的情感，我们都不愿相信这事是真的。 我们都不相信平时看起来如此健朗的殷主任会得什么肝癌，一部分人认为殷主任得的是假病，可能是一种策略，就像以前政治形势严峻的时候，很多人就这样称病在家，赋闲休养，韬光养晦。 但我们善良的想法错了，从医院传来的进一步的结论是：殷主任真的得了肝癌。

我们单位因为殷主任生病而显得十分郁闷。 我们认为郁闷正是殷主任得病的根源。 你知道，如果老是郁闷，最先出问题的就是我们的肝。 所以为了保护我们的肝，我们有必要保持身心愉快。 这点老汪想到了。 老汪说，我们不能老这样悲伤，我们应该化悲痛为力量，我们应该活跃我们的气氛。 在老汪的提议下，我们开始了一系列群众性体育活动。除了打乒乓球、下象棋、下围棋、打桥牌这些传统项目以外，我们还想出了一些趣味性游戏项目，比如踩气球比赛、单腿独立比赛、瞎子摸象比赛等。 顺便说一句，自从殷主任生病以来，我们单位群龙无首，老汪就自动担起了这个责任，把我们组织起来。

老李对老汪的做法不以为然。 他认为殷主任躺在病床上，我们不应该这样穷乐，这是对殷主任最大的不尊重。 自从殷主任生病以来，老李很失落，也不像以前那样好发表个人意见了。

要说对殷主任的感情，老李绝对可以称得上忠贞不渝。老李年纪比殷主任还大，但他是殷主任的老部下了，一直是殷主任最得力的干将，殷主任只要一有升迁调动什么的，一定要把老李带着走。老李见殷主任还没死单位就闹成这个样子，很心寒。老李坚决不参加老汪组织的所谓比赛。

老李在我们比赛的时候去看殷主任了。老李在干部病房找到了殷主任，发现殷主任人也瘦了，眼圈也黑了，忽然心里发酸，眼泪不自觉地落了下来。老李一伤心就想抽烟，病房不能抽，只好咽了一口口水。既流眼泪又咽口水的，老李的形象就不怎么好，让人感到鬼鬼祟祟的。因此当老李声情并茂地叫了一声殷主任后，护士小姐就有点讨厌，她说，你嚷什么呀，这里是病房，要嚷，一边去。当时，护士小姐正在给殷主任量血压，脸上的表情很漠然。殷主任一脸无奈的笑，向老李招了招手，说，你来啦。老李这回没吭声，在一旁点头鞠躬。护士小姐走后老李才敢走到殷主任床边，站着。老规矩，殷主任不让坐就不能坐，尤其这个时候就更应守规矩。殷主任对老李比以往客气多了。殷主任说，老李你坐。老李不坐，还是站着。殷主任说，你不坐是不是马上要走？老李赶紧坐下，说，不走不走。殷主任说，你看这身体，说病就病了，老李你要注意身体啊，身体是本钱啊。老李说，殷主任，你是压力太大的缘故啊，你不要再操心了，你好好养病，把病养好了再考虑单位的事吧。殷主任说，老李啊，你得去上面活动活动了，单位肯定是要解散了，你跟了我一辈子，我身体好可以照顾你，现在我又病了，只好你自己想办法了。老李说，殷主任，你不要为我操心，你也不要太悲观，你的病会好的，你病好了市里还会把你调到城建局当局长的（殷主任原是城建局副局长，因市里搞天然气项目而抽调到我们单位挂帅的），到时我还跟你去城建局。殷主任说，这就难说了，城建局已经有局长了。老李听了这话又流起泪来。殷主任问，老李，单位现在怎样了？说起单位，老李的眼泪流得更欢畅了。老李说，殷主任啊，单位的事我就不向你汇报了啊，你听到就会生气的，这对你的治疗不好。殷主任绷起面孔，说，你这人怎么吞吞吐吐的，有话就说嘛。老李说，殷主任啊，姓汪的不是东西啊，他趁你不在，在单位里闹啊。殷主任说，他闹什么？老李说，他在单位搞什么群体活动，把单位搞得像个俱乐部。殷主任并没有生气，只是轻轻一笑说，这事我知道，是我叫老汪这么干的，是我叫他把单位的事管起来的。老李见殷主任这么说就不吭声了，他不相信这事是殷主任叫老汪干的。殷主任就是城府深，当然这点老李是很佩服的。

老李猜错了，老汪组织的活动确是殷主任提议的。老汪早在老李之前去医院看过殷主任了。老汪是我们单位最先看望殷主任的人。

老汪在知道殷主任得了绝症的那天晚上怎么也睡不着。你知道老汪对殷主任的意见很大，私底下是常咒殷主任死的，但殷主任真的在世间的时日不多时，老汪的想法有所改变。 老汪突然觉得对殷主任的怨气全消了。 老汪回想殷主任的一些事，觉得殷主任还是个不错的人，他奇怪以前怎么没发现。 比如，殷主任很会替职工着想，冒着风险为职工搞福利，这样肯挑担子的领导现在不多了（现在老汪认为自己写匿名信告殷主任为职工搞福利不合法是搬起石头砸自己的脚，他告了以后单位的福利比以前差多了，这对老汪并没有好处。 福利差留下的后遗症是老汪常遭他老婆的嘲讽，说老汪的单位是癞头单位——一根毛也拔不下来）。 又比如，殷主任当那么大官却十分朴素，老是穿单位发的那套工作服，他家里陈设十分简陋，房子没装修，墙壁只是用油漆刷了一遍，也没什么高档点的电器，电视机还是黑白的。 这样清廉的干部哪里去找啊。 再比如，殷主任在"文革"中还保护过不少老同志，老汪不止一次听那些老同志说过殷主任是忠厚之人。 想起殷主任这些优点，老汪的心就软了。 虽说殷主任不重用他十分可恶，不过他现在彻底原谅殷主任了。 老汪决定去看望殷主任，和殷主任谈谈心。 也许这是最后一次谈心了。

老汪去时买了一束鲜花。 老汪知道现在送花比较流行。他这个人就好赶个时尚。 老汪来到医院，不知道殷主任在哪个病房。 他就去问整天绷着脸比医生还像医生的护士小姐。你已经知道了，老汪对女人有一套，他一逗就把人家护士小姐给逗笑啦。 老汪说，这样的花送给像你这样漂亮的姑娘还差不多，送给病人真是可惜了。 护士笑着说，你要当心啊，病人听了你的话病准得加重。 在护士的指点下，老汪笑着向殷主任病房走去。 他听到那个护士在对同伴说，他是个老风流。 老汪咧嘴笑了笑。

进了殷主任的病房，老汪的表情已经很沉重了。 殷主任躺在床上，疲倦地睡着了。 他的样子十分憔悴，十分无助。 老汪突然有了一种居高临下的感觉，平时看起来威严的殷主任这会儿在老汪的感觉里变得十分平常了。 都是凡夫俗子啊。 老汪在床边的一张凳子上坐了下来，轻轻叫道，殷主任，殷主任。

殷主任无力地睁开双眼，见到老汪显然很吃惊。 一会儿，殷主任那种疑惑中带着警觉的眼神转变成了热情。 殷主任想坐起来，老汪忙上去扶住殷主任。 殷主任表面很热情，但心里却有很多想法。 殷主任想，老汪迫不及待来看我是不怀好意呀，他早就想看到我这个样子了，他送来的不是鲜花，是花圈啊。 殷主任不会把这些情绪表面化，他脸上出现一种恰到好处的苦笑，说，你看我这身体，说病就病了，这个时候抛下你们不管真不应该。 老汪说，殷主任啊，都这时候了你不要为我们操心了。 又说，殷主任，你对我来看你很吃惊吧，你一定认为我来看你心里很阴暗吧。 殷主任，你不要打断我，让我说下去。 不是这样的，殷主任，老实告诉你吧，我听到你生病了后一夜没睡着，我细想这几年你的所作所为，觉得殷主任你也不容易。 你为大家做了那么多的好事，即使在最困难的时候你还保护了那么多老干部。 说实在的，这几年我很不理解你，没做工作，还给你捅篓子。 最近我感觉到了，实际上，我越跳，你在群众中的威望越高，群众就越讨厌我。 我感到很不安很内疚，我不知殷主任能不能理解我的感受，殷主任，你要原谅我啊。 自从市长和殷主任谈话以来，殷主任已经很久没有听过这么真诚这么理解人的话了。 殷主任的情感因此有些把持不住，脸上露出某种撒娇似的不满，他说，可谁记着你的好呀，我住院都三天了，还没人来看过我，你是第一个。 老汪说，首先我是应该来看你，其次我这是来请你原谅的。 殷主任说，我今天听了你的话，也很受教育，我以前也不理解你，误解了你，认为你意气用事，小孩子一样，现在看来我这个人太官僚主义啦，我也要请你原谅。 老汪说，你批评得没错，我自己也意识到了，我这个人就是太情绪化。

我们都听说了殷主任和老汪在病房里相互理解的感人场面。 因为老汪的带头，许多人都去看望殷主任。 大家说，病床上的殷主任是多么宽厚啊，与平日是多么不同啊，看问题是多么深刻啊，殷主任非常真诚地要求大家给他提意见，大家都不好意思动真格的，只是在一些小事上批评了一下殷主任。 大家做得更多的是自我批评。 场面非常热烈。 可以这么说，殷主任的病让我们的情感像小溪一样欢畅地流淌了一回。

大家都去看望殷主任，我觉得也应去一趟。 我对小王说，小王，我们也去看看殷主任吧。 小王说，我不去。 我说，我们不去人家会说我们没有人性。 小王说，什么人性啊，殷主任有吗？ 我们有吗？ 没有，我们只不过是一群动物，我们和殷主任的区别在于，殷主任是权力动物，而我们是单位里的动物。 我说，你这样说太残忍太恶毒了。 小王忙笑着说，不该这么说，不该这么说，这几天老看赵忠祥配音的《动物世界》，思路总往那上面靠。 我又问，你去不去？ 小王说，不去。

我正愁找不着伴儿，胡沛度蜜月回来了。 她对我说，我同你一起去吧。 胡沛这几天很忙，她的新郎开了一家舞厅，让她做了舞厅的名誉总经理，不怎么来单位。 这次来单位是因为我们正在搞文体比赛，她说她是来拿属于她的乒乓球冠军的。 她一到单位就给我们发名片。 于是我们都知道她成了名誉总经理，都叫她胡总。 在去看殷主任的路上，我问，胡总，你打算同殷主任说些什么？ 胡沛说，我会给他一张名片，然后叫他病好了去我们舞厅玩。 我说，殷主任一定十分感动。 让我们失望的是，我们来到病房时殷主任不在，我们不知道殷主任是不是病危了，正在抢救。 总之我们没见到殷主任，胡沛也没有办法邀殷主任去她的舞厅。 我们决定改天再去。

老汪组织的比赛终于结束了，各项目都有了冠军。 结果如下：

胡沛当然是乒乓球冠军，我侥幸得了围棋第一，小王则得了个踩气球第一。 顺便说一句，小王踩的是陈琪的气球，我们见到小王踩陈琪的气球时真是一鼓作气，并且眼神疯狂，踩得陈琪全身发抖，小王都踩完了，陈琪还可怜而无助地看着我们，呆呆站着一动也不敢动。

就在这个时候，我们的生活中发生了奇迹。你猜是什么？你一定猜不出来。告诉你吧，我们殷主任的病意外地康复了！这个消息是老李告诉我们的。老李说，昨天，医生们对殷主任又进行了一次更为全面的检查，结果，医生们奇怪地发现，肝中原来的癌细胞不见啦。医生们说，这在医疗史上是一个奇迹。殷主任又可以回来主持工作了。

我们单位对殷主任的康复有各种各样的说法。有人说殷主任的康复同最近市里的人事调动有关，据可靠消息，殷主任过去的老部下当选为新一任组织部长。部长昨天去医院看望殷主任了，同殷主任进行了长谈。殷主任顿时感到气也顺了，精神也爽了。由此可见精神的力量是无比巨大的。老汪不这么认为。老汪听到殷主任回来了，很不开心。要说老汪想殷主任死，天地良心，没有的事。但殷主任回来了，老汪又很失望。老汪想起自己同殷主任交心的事，感到恼火，觉得自己受到了殷主任的愚弄。老汪跳出来说，无耻，真他妈的无耻，姓殷的他是假病啊，他愚弄了大家的感情啊。

大家听老汪这么一说，也觉得有点道理。

老李宣布后的第二天，殷主任真的来单位上班了。殷主任到单位的第一件事就是传达上级文件。听了文件我们才如

梦方醒，原来，我们的单位真的像传说的那样要撤销了！ 文
件说，由殷主任负责分配我们的工作。

这时，大家才紧张起来。 大家意识到自己原来是单位里
游来游去的小鱼啊，殷主任才是一张大网。 我们的未来都落
在殷主任的网中。 于是大家越发紧张起来。 大家都陷入深
深的回忆之中，尽力回忆看望殷主任时自己说过的话，看看
自己露了哪些马脚。 大家都觉得那时给殷主任提意见真是十
分愚蠢，想，这下好啦，殷主任是一逮一个准。 我也很担
心，我第二次去看殷主任时也露了尾巴。 我自作聪明地向殷
主任提意见，我们向殷主任汇报工作时他老让我们站着，我
们很难受。 当时殷主任愉快地接受了我的批评，现在我才知
道他恐怕是愉快地抓到了我的尾巴。

你知道，我们都是国家的人，我们不怕没工作，工作问
题，国家会给我们解决的，但工作好坏就比较难说了，分配
的好与坏意味着你今后的生活质量的好与坏。 比方说，把你
分到银行和分到硫酸厂肯定有本质的区别，照外面流行的话
说，在银行工作是白领，但在硫酸厂工作就只能像码头工人
一样被称作蓝领。 毫无疑问，我们都梦想做白领。 这个殷
主任说了算，我们自己做不了主。

因为等待分配，大家上班也早了，都希望尽早得到关于
自己命运的消息。 消息封锁得很严。 我们看到除老李以
外，几乎所有的人都惶惶不可终日，像一群囚犯等待着法院
的判决书。

　　老李这几天在看一套范文澜的《中国通史》，看得很有倾诉欲，逮到谁都想讲讲书里面的历史故事。都这个时候了谁愿意听啊，弄得大家哭笑不得，想起老李同殷主任铁，得罪不起，只好忍受。我这几天不敢碰到老李，像老鼠遇见猫一样避开他。可是一不小心还是会让老李逮到，老李见到我就说，来来来，小艾，我同你说，这套书很了不起，你应该好好看看。我是越看越有心得，我给你讲讲明朝武宗皇帝和太监刘瑾的故事吧。我哪有心思听这些鸟事，就说，老李，你饶了我吧，我心烦着呢，我不知道殷主任把我打发到哪里呢。老李愣了片刻，也没生我的气，很同情地看了看我，说，小艾啊，你想去什么单位？我说，这由得了我选择吗？老李一笑说，你别烦，来来来，继续听我的故事，改天我替你同殷主任说一说。我听了这话呆呆地看着老李，说，老李你别逗我了。老李温和地拍了拍我的肩。

　　我们的生活出了问题，这种时候，免不了会想想从前的事。我们想起了过去在我们单位工作的一位诗人小郁。我们想起他的另一个原因是这几天电视台正播放《西游记》，大家心里烦，就谈谈孙悟空。我们都非常喜欢大闹天宫时的孙悟空，认为这时的孙悟空很像一个诗人。于是我们就想起了诗人小郁。这位老兄在单位里时老是捅娄子，不把组织放在眼里。这位老兄还比较好色。这一点同孙悟空不一样。结果，老兄在女人方面出了大问题，以流氓罪判了几年刑。这一点同孙悟空被压在五行山下相似。后来，诗人老兄从大墙里出来，成了总经理，后面还常有戴着墨镜的人保驾。 这一点和孙悟空一点也不像了。 孙悟空从岩石里蹦出来，套了个金箍，专为别人保驾护航，就不怎么可爱了。 我们看电视时老为他放不开手脚干着急。

大家说，还是小郁好呀，他算是闯出来了，据说他的资产都几千万了呢。 我们干脆到他那里打工去算啦。

我们单位还有一个人对单位解散一事无动于衷，或许还有点开心，这个人是胡沛。 胡沛是我们单位里唯一的临时工，过去在单位里，胡沛常说的一句话是，你们都是国家的人，而我是什么人呢？ 我算是自己的人吧。 胡沛对我们很羡慕。 现在胡沛嫁了人，成了名誉总经理，就不一样了，再说，现在我们算什么，国家都快把我们忘记了，胡沛因此心情特别舒坦。 她见谁都发名片，要我们以后去她的舞厅玩。老实说，我已经得到六张胡沛的名片了。

分配工作正在十分神秘地展开。 大家都预感到我们单位进入了极富戏剧性的阶段，大幕已经拉开，高潮就要来了。殷主任又给我们开了一个会，他号召我们要充分估量自己的水平和能力，填好自己的志愿，接受国家的挑选。 但殷主任不让我们知道都有哪些单位在挑选我们。

在进入高潮前还有一个小插曲。 正当我们填志愿时，我们又得到一张表格。 你肯定猜到了，这张表格是诗人小郁发给我们的。 一定是有人告诉小郁关于我们单位的事，否则他怎么会在我们开会时来呢。 我们都知道殷主任不喜欢小郁，见小郁来殷主任就走了。 走之前，他说，请大家好好填，填好后交给老李。 殷主任一走，群众顿时活跃。 大家从座位上站起来围到小郁身边。 过去大家对小郁是看不惯的，大家背后都说他吊儿郎当，现在人家发了大财，大家就比较服他。 人家就是有本事嘛。 大家见到小郁像见到亲人，都说，小郁，还是你好啊，你看我们现在多落魄啊。 又说，小郁，新华书店有一个书架专门卖你的诗集呀。 还说，小郁你富贵了就把我们忘了吧？ 陈琪站在一边，她在向小郁傻笑。小郁马上从我们这堆人中发现了美人，他说，这是陈琪吧？你一点也没变，还那么漂亮。 听了这话，陈琪的声音都变了，尖声说，是吗？ 我们对小郁喜欢女人的爱好起哄，说，小郁，你的老毛病还是没改。 这时，小郁发给了我们一张表格。 原来，小郁听到我们待分配，挖人才来了。

　　接着，小郁做了一个诗意盎然的演讲。 小郁说，你们这里是一座富矿/人才济济/才华横溢/正在等待开发的人/我来了/让我们高兴地玩他一把/让大家有点钱/生活变天堂/跟我走吧/填表格吧/我需要你们的才华/月薪不低/一定让你们满意/让我们有点钱吧/自己做老板吧。 我们一时被他讲得很激动。 还是小王比较理性。 小王说，听着倒是动人，可太虚，小郁那里福利怎样？ 医药费怎么报销？ 养老保险怎么解决？ 他光说给我们高工资，让我们做老板，小郁难道不是资本家？ 大家都觉得小王的见解很精辟，于是被小郁鼓动起来的热情消了大半。 没有人填小郁的表格，一些人上厕所时把小郁的表格当擦屁股纸给擦了。

　　终于，我们等到了分配的那一天。 第一幕的主角是老汪。 我们都认为殷主任在对待老汪的分配问题上很有水平。你老汪不是喜欢妇女吗？ 不是老闹出作风问题吗？ 那好，把你分到计生办去吧，发挥你的特长去吧。 我们都认为老汪是咎由自取，罪有应得。 我们还认为老汪肯定不愿去那种地方，猜测老汪临走前会大闹一把。 我们都错了，老汪没闹，而是高兴地去计生办报到啦。 没有热闹看我们很失望。

　　第二幕是关于老李的。 当我们听到殷主任对老李的安排后我们才知道老李这个人是太乐观了。 老李今年五十五，再过三年就要退休，这样的同志现在没单位要。 殷主任决定让老李提前退休。 老李一听到这个消息就气晕了，他瞪着双眼，张着嘴，半天说不出一句话，吓得殷主任拼命喊老李。殷主任说，老李，你不要这个样子。 老李这才反应过来。老李涌上心头的第一个念头是感到自己被抛弃了。 这么多年来，老李对殷主任可谓忠心耿耿啊，可殷主任就这样一脚把他蹬了。 天理不容啊。 老李心里涌出了一种悲壮的正义感与空虚感。 老李不想再同殷主任说什么了，他带着一脸的决绝与委屈走出了殷主任的办公室。

　　这天，老李回到家闷闷不乐。 老李是有点惧内的。 老李的女人工资不高但嗓门很高很尖锐，常常能穿透墙壁飞向邻居的耳朵里去。 老李好面子就只好忍让。 老李的工资比较高，单位福利也比老婆好，面对老婆就有种大人不计小人过的优越感。 现在是组织把他抛弃了，也就是说，老李以后只能拿点退休工资了，福利也没了，他以后就没那么好的自我感觉面对老婆的嘲笑了。 一个男人的价值不在于内心的坚定，而在于他拥有多少东西讨老婆欢心啊。 想起老婆那副嘲弄蔑视的嘴脸，老李的心中涌出一种深刻的无助感。

第二天，我们单位非常热闹，老李的老婆闹到殷主任那里来啦。 我们是第一次见到老李的老婆。 老李的老婆叉着腰，站在殷主任的办公室里一把眼泪一把鼻涕地开骂。 姓殷的，你不是个东西啊，你怎能这样对待我们老李，我们老李一辈子跟着你，做牛做马，没有功劳也有苦劳啊。 你不能这样对待我们老李，殷主任，你要给老李想想办法啊。 我们家全靠老李呀，没老李在组织里怎么办啊。 我们儿子不争气，在大学里不读书，弹什么大琵琶、大吉他，弹得留级啊。 殷主任，我们儿子今年要分配了啊，没老李在组织里我儿子怎么办啊，哪里会要他这样的人啊。 殷主任啊，求求你啦。

老李的老婆这么哭叫的时候，殷主任一声未吭。 等那女人哭得差不多了，殷主任"砰"地拍了一下桌子，骂道，你哭什么，有什么事叫老李来说。 不就是你们儿子的事吗？你儿子分配时来找我不就完了，这与老李在不在组织里有什么关系。

老李的老婆被殷主任这么一拍就拍愣掉了，干瞪着眼，再也说不出一句话。 一会儿，她讪讪地从殷主任办公室退了出来。 我们见事情结束了也都回到自己的办公室。

　　我的心很烦。 我已见到两幕戏了，殷主任导演得都很不错，很过硬，并且很毒。 想起自己有尾巴留在殷主任那儿，我直叹气。

　　自从和陈琪去了几次咖啡馆，我也染上了去咖啡馆的时髦病。 每次我心情不好了就会去那地方。 心情是需要形式作注释的，当我手握咖啡时，我孤独而苦闷的心情有了盛放之处。 我知道我不是在喝咖啡而是在凭吊我的心情。 这天我想凭吊一下我留在殷主任那儿的尾巴。 当我走进咖啡馆，我又发现了一个意外，我看到小王和陈琪坐在我们坐过的地方亲热地交谈。 我一时不知如何是好，是进还是退？ 我觉得如果让他们看到我一个人来这地方怪不好意思的。

　　我对小王和陈琪坐在咖啡馆里也没多想，后来我才知道他们的关系已经不同一般了，他们在谈恋爱了。 起初我听到这个消息怎么也不相信，几天以后，在大量事实面前我只好不情愿地认了。

　　据说小王和陈琪是在这次分配时才擦出火花的。 起因是因为陈琪收到诗人小郁的一封信。 小郁的信里诚恳邀请陈琪去他那里负责公关。 那一年公关是所有美丽女孩向往的工作，陈琪很想去。 这事不知怎么的被小王知道了。 小王就找到陈琪，十分冷静地对陈琪说了利害关系。 小王说，公关是什么？ 公关就是陪男人喝酒，陪男人跳舞，陪男人唱歌。对，就是人们所说的"三陪"。 你没去过南方吧，南方早已经在这么干了。 公关不是如书上所说的是交往的艺术，也不像电视剧里演的那么浪漫，公关就是欲望。再说了，你去小郁那里有什么保障呢？在我们这里有党工团等组织，有事可找组织去说，至少还有个说理的地方，但小郁那儿什么也没有，小郁就是规矩，他如果不喜欢你了就会把你赶跑。陈琪被小王这种高屋建瓴的分析镇住了，一时没了主意。陈琪突然觉得小王很有思想，很有内涵，见多识广，不由得对他刮目相看了。陈琪说，那怎么办呢？我不能保证殷主任会分配给我好单位，他生病时我都没去看过他呀，他肯定很生气。小王说，这你不用担心，我也没去看过他，我有办法。听说这次殷主任手上有不少好单位呢。陈琪说，什么办法呀？小王说，这样吧，我会帮你的，我保证让你去你想去的地方。陈琪说，小王，我今天才了解你，原来你这么能干，这么会说话，还关心人。

这以后，陈琪和小王老是去喝咖啡，他们开始谈恋爱啦。有一天小王对陈琪说，我们应该去感谢殷主任，殷主任早就看出我们在谈恋爱了，他是最早向我们讨喜糖吃的人。小王就带陈琪去殷主任家。小王说，殷主任，你差不多是我们的媒人啊。

后来有人说他们是在奋斗中培育的爱情，比较牢固。

经过一段日子的酝酿讨论，殷主任终于把我们分配出去了。小王和陈琪如愿去了金融系统。胡沛本来被分到企协当临时工，胡沛不愿去，她说她打算好好经营她的舞厅。我的同事们对这次分配基本满意。我？对了，我忘了告诉你，我被分到环卫处。 这没有什么不好，虽然环卫处听起来不怎么雅，但那单位比较实惠，也算是我们这个城市不可或缺的一个部门。

顺便说一件事，我们分配结束的那天，小郁又来我们单位了。 小郁是来收他的表格的，他很失望，没有一个人愿到他那里去。 于是他站在主席台上又做了一番激情演说。

让我给你们讲一个故事吧。 唐僧西天取经回到长安，想，孙悟空功劳很大，应该有所表示。 唐僧就对他说，悟空啊，师傅把你的金箍取下吧。 悟空听了赶紧摇头，说，师傅使不得，如果没有金箍，我就没有人管了呀，我就成了社会闲散人员，免不了要旧病复发，耍点流氓，未来没有保障啊。 于是唐僧就没取他的金箍。 告诉你们吧，你们就是长安的悟空啊！ 你们就喜欢那个金套子啊。 所以，孩猴们，再见了，我不同你们玩了！

我们见小郁胡说八道，就把他从主席台上轰了下来。 如果他老兄是唐僧肉，我们肯定把他吃了。

殷主任决定在大家分手前办一个聚会，我们叫它"最后的晚餐"。 聚会是在胡沛的舞厅里进行的。 那是周末的一个晚上，我们一早就来到舞厅。 舞厅灯光迷离，使一切若隐若现。 大家好不容易认出彼此，都感到新奇，特别是那些从来没进过舞厅的中老年人更是激动，颠颠地仿佛回到了青春时光。 那些年轻的父亲或母亲照例带了孩子来参加活动。孩子们被打扮得花枝招展，稚嫩而尖厉的童音在音乐里钻来钻去，给晚会平添了许多热闹。 我们都感到从来没有过的轻松。

我们没想到老汪会来。 老汪打扮得整整齐齐，显得春风满面。 老汪一进门就嚷道，这个最后的晚餐谁是犹大？ 谁又要钉死在十字架上？ 我们对老汪的话不感兴趣，装作听不懂，没什么反应。 老汪只好找个位置坐下。

老李还没来。 我们猜想老李是不会来了。 老李要是来的话，他准是埋头吃桌上的糖果瓜子，仿佛谁要抢他的似的。 老李就是太贪小。 殷主任见人基本到齐，清了清嗓子，开始他早已准备好的讲话。 殷主任说，同志们，首先我要向大家道歉，你们这几年来工作很辛苦，但你们的辛苦在外人眼里成了笑话。 可是，我们不能这么想，我们不能自卑！ 这时，殷主任习惯性地扫视了一下全场，继续说，我们应该这么理解，我们并没有虚度光阴，我们本不认识，为了共同的目标走到了一起，相互学习，相互切磋，相互了解，共同提高。 可以这么说，经过这样的磨炼你们成熟多了。我们这里就像黄埔军校，或者美国的西点军校，现在你们毕业了，你们一个个都是好样的。 现在你们又要走上新的工作岗位，这个城市将到处都是我们的人。

殷主任的话七次被我们的掌声打断，演讲结束后我们全体起立，长时间地鼓掌。 那一刻我们对未来充满了必胜的信念。

然后，殷主任号召大家自由活动，叙叙旧，展望展望将来。 我们在舞厅震天动地的舞曲里交谈着，免不了别有一番滋味在心头。 没人下舞池，小伙子和姑娘们在依依惜别。

只有那些孩子，刚刚学会走路便挣脱了父母的怀抱，跟跟跄跄来到舞池中，手挽手随着节奏摇摆起来，旋转起来，像一群天使。

一

　　听到母亲去世的消息，兆娟正在上课。 是小李老师跑过来告诉她的。 这个小学只有小李和兆娟两位教师。 小李说，你回去吧，我替你把课上完。 有那么一刻，兆娟脑子里一片空白，她甚至想不起母亲是什么样子。 小李见她站着不动，温和地说，你去吧。 这时，她心里有一种悲凉的情感升起来，同时还有一种想流泪的感觉。 但她忍住了。 她向小李笑了笑，脸色苍白地走了。 孩子们都好奇地看着他们俩。

　　在回母亲家的路上，兆娟有一种委屈和伤心纠缠在一起的情绪。 多年来，她同母亲一直有隔阂。 小的时候，母亲要么忽视她，要么挖苦她。 她干什么母亲都看不惯。 母亲看不惯她穿裙子，看不惯她爱清洁，甚至看不惯她在说话时带几句普通话。 后来她考上了师专，成了一名教师，母亲却突然对她客气起来，那种客气让她感到自己好像不是这个家的人了。 她一直不知道母亲心里究竟怎么想，为什么这样对待她。 母亲有时候会在客套中带点儿讥讽的语调。 比如她给母亲送去一些钱或食品，母亲就说，你是不是钱多了，没处用了，我这个老太婆怎么有福气吃这么高级的食品？ 说得她当即红了眼，掉下泪来。 有时候，她去母亲家做客，如果别人没到母亲早就开饭了，母亲容不得有人迟到。 但如果她没到，母亲就说，等等她吧，她对我意见可大着呐。 她呀，总是慢吞吞的，不好伺候。 从兄弟们那里听到这样的话，她就想哭。 她觉得母亲对她很不公平。 但母亲知道她的委屈。 这就够了。 她不顶撞母亲。 她多么希望化解同母亲之间的隔阂。

兆娟从学校赶到母亲家时，家里没一点声息。 四弟兆军坐在厅堂里。 她问，娘呢？ 兆军脸上没有表情。 至少没有悲伤，好像家里并没有发生什么事。 兆军说，在楼上。 兆娟就上楼。 母亲躺在她的床上，母亲的神色非常安详。 她见到母亲没有异样的感觉。 应该说母亲的死她并不感到太意外。 大哥兆根木然坐在一边，守着母亲。 大哥的脸色非常不好，他看上去有点紧张。

按照乡下的习惯，母亲死了，做女儿的要先哭上几声。 她猜想，母亲死后这个家还没发出过哭声。 乡下是用发出哭声的方式宣布死亡的。 这样乡邻就会自动走来帮忙。 可兆娟觉得自己实在哭不出来。 此刻，她还没有觉得母亲已离他们而去，好像一切并没有改变，母亲只不过是在睡觉。 但她必须先哭，否则乡里人不知会说些什么难听的话。于是，她就哭了起来。

开始的时候，她的哭像一支跑调的曲子，干燥、生硬，但没多久，她就真的哭了。用哭这样一种方式把她内心的真实的悲伤唤醒了。她感到自己对母亲的情感是多么复杂。她既是在为母亲哭，又是在为自己哭。

她哭泣的时候，希望大哥和四弟劝劝她，这样她可以停止哭泣，安排葬礼。但大哥和四弟都显得很茫然，并且对她的哭泣无动于衷。她觉得这样下去也不是个办法，就止住了哭泣。

兆娟是不可能撑起这个家的。她在这个家没有说话的分儿。兄妹三人都想到了在城里开店的大姐兆曼。请大姐来办丧事是兆娟提的。四弟兆军马上表示赞同。但大哥却犹豫起来。大哥说，娘死的时候交代过，不让兆曼回来见她。兆军不耐烦地说，人都死了，还提这个干什么。他们还是决定马上打电话给大姐，让她回来。兆娟对大哥说，大姐回来的话，不要对她说母亲临终说的话。大哥好像没听见，半天没有什么反应。

兆娟先打发兆军去请道士。在村子里，葬礼有一整套规矩，这是必须遵守的。兆娟去请村里专门安排葬礼的冯大爷。冯大爷随叫随到。他平时没有精神，但一听说哪家死了人他就来精神。在冯大爷的指挥下，没一会儿，母亲就穿上了她早在十年前已准备好的锁在箱子底下的绿色的寿衣寿裤，尸体也转到了厅堂里。 这个过程兆娟又哭了几次。

一会儿，道士也来了。 他们一脸严肃，动作肃穆，他们缓慢地布置着香台。 他们缓慢的动作里好像隐藏着一些另一个世界的消息。 兆娟见事情忙得差不多了，就等着城里的大姐来管事了。 她松了一口气，在远离母亲的院子里坐下来。她终于可以停下来想事了。 母亲的身子看上去好像比以前短了一截。 床板下的长明灯在一跳一跳。 没有风，但长明灯在跳动。

兆娟心里巨大的虚空就是这时候涌出的。 母亲就这样去了另一个世界。 昨天还好好的，还躺在床上骂大哥，因为大哥给她擦身子时烫着了她。 但今天，一切都远去了，她躺在那里，如此安详，但生命已经停止，她再也不可能愤怒了。

想起母亲这一辈子，确实也不容易。 父亲在兆军出生那年就死了。 是母亲把他们兄妹四个拉扯大的。 生活把母亲的性格塑造得刚毅、专制、粗暴、任性。 想起这些，兆娟就感到悲伤。 活着究竟是为什么呢？ 像母亲这样苦了一辈子，甚至没好好享受过一天的好生活，就这样去了。 兆娟不知道这个叫死亡的东西意味着什么。 父亲死的时候，她还小，那时候，死亡给人的感觉仅仅是生活中少了些什么，有一点奇怪的感觉，但一段日子后就什么都忘了，没有留下太多的印象。 可这一回，面对母亲的死，她的情感却无比复杂。 她有一种整个身心被抽空了的无处归依的感觉。

她不知道大哥这会儿的心情是不是像她一样。 四弟兆军是不可能有感觉的。 死亡对他来说也许还不如一个阴雨天来得让人沮丧。 四弟和大哥的性情是多么不同。 他们家最辛苦的就数大哥了。 兆娟向厅堂望去。 大哥呆呆地坐在母亲身边，他消瘦的身子显得十分僵硬，就好像他坐在那里仅仅是一架木偶。 他的双眼浮肿，眼神迷茫。 某一刻，他向兆娟投来无助的一瞥。 这一瞥让兆娟心惊肉跳。

大哥在母亲弥留之际一直照顾着她。 兆娟也住在这个村子里，本来照顾母亲这类事应该是她这个做女儿的去干的，但除了大哥，母亲不让任何人服侍她。 母亲有着不近人情的古怪脾气。 这几天大哥几乎没休息过。 大哥身体不好，太累了就要出事的。 有好几次大哥出事都是因为太累的缘故。 大哥出事前会这样向你投来无助的眼神。 这眼神里隐藏着一场风暴。 她很担心大哥。 她在心里祈祷，家里都乱成这样了，可千万别再出什么事。

兆娟来到大哥身边，说：

"哥，你都两天没睡了，你去睡一会儿吧。 灵堂我来守着。"

"不。 我没事。"大哥面无表情。

兆娟知道大哥的脾气。 冯家的孩子都带着一些怪脾气。 大哥这样是想守孝道。 他已孝敬了母亲一辈子，他要在最后这段时间尽孝，要善始善终。 兆娟知道大哥想好的事你没法改变他。 可她真的替他担心。 再出什么事可怎么好。 她希望至少在大姐到来前别出什么事。

　　目前一切还算正常，葬礼总算开始运转起来，不过这实在不难，乡下人对葬礼有着一整套程序，葬礼可以由着它自己的惯性自动运转。　只是大哥有点不对头。　四弟兆军不知道去哪里疯了，冯家最没责任感的就数他了。　即使家里乱了套，他都不管。　兆娟想了想，就叫来儿子红宇，让红宇看着大哥。

　　"你大舅有什么情况赶紧来告我。"

　　红宇正站在道士旁边，看他们布置灵堂。　他显然有点不愿意。　要知道这会让他失去行动自由。　他好久没有说话。

　　"你听到没有？"兆娟提高了嗓门。

　　"好吧好吧。"红宇答应了。　他好像没料到母亲的火气这么大。

二

　　空气里好像没有一丝风，但挂在院子里的一条条白布缓缓地飘动起来。　红宇站在白布下面。　白布拂着他的脸，让他感到很舒服。　这会儿，阳光很猛，周围的一切都明晃晃的，好像那些树木、围墙、墙头的草、房子都跑到一面巨大的镜子里面了。　道士们到灵堂已有一阵子了，但正式的仪式要晚上才开始。　外婆死去后，红宇觉得这世界变得空旷和安静了许多。　周围的景色没有改变，苦楝树还是苦楝树，村庄还是原来的村庄，山也还是那样青黑黑的纹丝不动，但好像这一切都变了，好像这些事物后面有着更为深远的世界。 世界一下子变得明亮而悠长，但这明亮中又有一些影影绰绰的东西，好像所有的事物都拖着一些看不见的影子，就好像有一些神秘的事情在事物的深处出没。 他不知道是不是真的有灵魂，但他觉得他和那个世界有了某种联系。 他变得有点敏感。 世界如此安静，他甚至能听到空气中一丝若有若无的植物生长的声音。 他想，如果人死了有灵魂的话，那他相信外婆的灵魂会在那偶尔被吹动的树梢、墙头的草及围墙下虫子的鸣叫中显现。

厅堂里的哭泣声会在某个时刻骤然响起。 这是仪式的一部分。 一个时辰到了，妇女们就会来到外婆的尸体边放声大哭一阵。 她们的哭声带着词语，富有韵味，像一首古老的歌谣。 但当她们哭完以后就会有说有笑，甚至还打麻将。 她们对灵魂的敬畏只在哭泣的时候表现出来。 红宇回头朝厅堂张望。 大舅正一脸严肃地坐在外婆的旁边，他的腰板挺得笔直，就像一个刚受过老师批评的孩子。 他的身体看上去非常紧张，但他的眼睛却非常茫然，好像他因为外婆的死亡而变得没了主意。 妇女们在他身边号啕大哭的时候，他都没有动一动，好像她们的哭泣同他一点关系也没有。

妈妈的担心不是毫无来由的，大舅的身体不好，不小心就要发病。 有时候他发病毫无先兆。 大舅平时脾气很好，成天笑眯眯的，一副无心无肝的样子，但发病时却完全变了一个人，又哭又笑又骂人，像凶神恶煞。 他发病的时候，力

气像是突然从他瘦弱的身体里长出来似的，就是两个人都制
服不了他。 村里人说，大舅得的病叫"花癫"。 红宇知道
这个词的意思，因为大舅发病时，村子里的妇女们都会躲起
来。 红宇很反感妇女们的这些勾当。 但大舅对外婆很孝
顺。 妈妈对红宇说，你外婆总是拿他当出气筒，可他就是对
她孝顺。 红宇听得出妈在替大舅叫屈。 红宇经常听到外婆
骂大舅，好像外婆一辈子的委屈都是大舅的缘故。

妇女们哭完后，对着蜡烛拜了几拜，就散去各自忙各自
的事去了，大舅还是直挺挺地坐着，脸上没有表情。 红宇觉
得大舅就像是一具没有生命的雕像。

外婆躺在那里。 红宇还没走近去看过外婆，好像外婆因
为他走近会突然爬起来似的。 红宇对外婆的死一点都不吃
惊，相反，他甚至觉得外婆死了才是解脱。 外婆死前有两年
足不出户。 红宇经常觉得外婆这样活着没有意思，生不如
死。 所以外婆真的死了时，红宇没有什么悲伤。 外婆死
后，红宇还去外婆的房间里看过。 那时外婆的遗体已移到厅
堂中了。 人去楼空的房间有些凌乱，但外婆的气息依旧在，
红宇觉得这气息现在不但弥漫在这个房间里，似乎整个天地
间都是这种气息。 这种气息让人感到自己置身于某个遥远而
神秘的地方，看着人世间的一切。 人世间就有了一种缓慢的
不变的平静。

红宇觉得大舅大约不会有事，他就向院子外张望。 他直
愣愣地注视着远处树杈上的一只麻雀。 他总是这样，某样东

西可以注视半天，他喜欢注视那些细小的东西，比如蚂蚁，比如春天水沟里的蝌蚪，他发现那树上的麻雀半天没动一下，连自己的羽毛都没理一下。红宇想，这是一只懒惰的麻雀，也许它睡着了。

后来，这只麻雀突然像一支射出的箭那样蹿上天空，一会儿，在马路的远处传来马达声和哭泣声。接着，一个黑点出现在道路转弯处。是一辆中巴。中巴在高低不平的路上一颠一颠的。在这个安静的村子里很少出现马达声，路边的房舍里探出几个脑袋，他们木然注视着缓慢行驶的汽车，哭声越来越近了，红宇觉得这哭声有点像天上偶尔飞过的隆隆的飞机，有点霸道。红宇知道又有亲戚来奔丧了。他从那夸张的哭声猜测可能是城里开店的大姨回来了。

果然汽车在外婆家的院子门口戛然而止。随着车门的打开哭声突然变得杂乱而响亮，好像一群被围困的鸟儿终于从笼子里放了出来。但这声音就好像被广大的寂静吸收了似的，显得很不真实。红宇猜得没错，走下车子来的人确是城里开店的大姨，但红宇没料到的是大姨身后跟着一群年轻的姑娘。红宇数了一下，一共六位，年轻的姑娘们神情木然，双眼无神，她们每个人的手中都握着一个巨大的花圈。但姑娘们的身材相当好，她们的脸蛋也光鲜迷人。

一直懒洋洋地坐在院子里的小舅突然站了起来，他的眼里放射出灼人的光芒，那是见到久违的熟人才有的喜悦的光芒。

他迅速来到大姨的面前，他脸上展露出天真的笑容，但大姨没理睬他，白了他一眼。 也许小舅觉得在葬礼上不能太开心，所以，他绷紧了自己的脸，但他的眼睛一直在笑。 那些姑娘从他身边走过时，他忍不住去拉她们的衣服。 显然小舅认识她们。 那些姑娘佯装生气，挣脱了小舅的手。 小舅的喉结在不停地上下滑动，好像他嘴里装着咽不完的东西。

姑娘们把花圈放在厅堂里，这会儿，她们的脸上已有严肃而好奇的表情。 红宇发现她们的眼睛乌黑而明亮。 她们投向尸体的眼神虽然有外人的冷漠，但看得出来，她们敬畏死者。 她们在香台前拜了起来，一边拜一边还念念有词。红宇不知道她们是在祈求死者保佑还是别的什么。 红宇这样胡思乱想的时候，他发现其中一个姑娘竟然跪了下来，对着外婆磕头。 那个女孩看上去只有十八九岁，穿着一套白色的裙子，她的脸颊红红的（红宇猜想可能是天太热的缘故），鼻子上有一丝细汗。 刚开始跪拜的时候，这姑娘有点慌乱，但一会儿，她好像进入了角色。 她手中的香高举着，即使她在磕头时，也这么举着。 红宇觉得她对这类事似乎训练有素。 她比乡下人看上去还讲究。 她站起来，把香插在香台上。 然后又跪下，双手朝天放在地上，然后把她的脸磕到她的手上。 她看上去异常虔诚。 一边看着的亲戚们的表情也跟着严肃而圣洁起来。

红宇见她们这样，对她们产生了好感。 她们看上去清清爽爽的，秀丽，活泼，青春洋溢，红宇觉得她们把这个死气沉沉的葬礼照亮了。

三

　　冯家大女儿兆曼是接到母亲去世的电话后匆匆赶来的。她大约有二十年没踏进这屋子了。母亲不允许她进这个门。每次，兆曼回村，都是住在妹妹兆娟家里。她只能远远看望母亲。现在母亲死了，她可以近距离看母亲了。母亲的脸安详中有一丝威严。母亲的个性是多么的刚烈。不过她理解母亲。在这个家里，兆曼的个性是最像母亲的一个。兆曼的脾气同母亲一样固执。她这一辈子似乎都在和母亲对着干，他们三个都屈服于母亲，只有兆曼敢于挑战母亲。自从母亲宣布不再让她踏进家门后，她去过母亲家一次，结果，母亲被她气得发抖，拿着一根棍子要打她。她站在那里一动不动。你要打就打吧。母亲的棍子果然落了下来，她被打出了血。她易怒的脾性就爆发了。她狠推了母亲一把，母亲被推倒在地。母亲就躺在地上大哭起来。那会儿，兆曼发誓不再来这个村子。但不知为什么，她总惦着母亲，每年都要回来一次。但她再也不进母亲家了。她回村后，就在村子里到处转，为的是能碰到母亲。她也只能远远地看看母亲小巧但里面装满了愤怒的身子。她总是同村子里的人兴高采烈地说些家长里短的事情，表情夸张，好像在对母亲示威游行。母亲这种时候就不再从屋子里出来。她知道母亲独自一人在屋子里生闷气。

已经十多年了，兆曼没好好看看母亲的样子。 现在母亲死了，她可以站在母亲前面。 距离还不到一米。 往常这是不可能的。 她见到母亲，有一种强烈的哭泣的冲动，但她忍住了。 她感到她的心头像发了酵一样，有什么东西在喧嚣个不停，就好像那里有一个热带风暴正在形成。 这会儿，母亲是安详的，那些曾经让她感到害怕的威严的皱纹现在好像也变得柔和了许多。 她的头发也比往常温顺，服帖的造型很好地贴着脸颊。 说实在的，死了的母亲让她感到陌生。 这种陌生感更加重了她的悲哀。 她知道她同母亲的战斗结束了。 她知道其实这场战斗谁也没有赢。 她感到她的眼泪快要出来了。

她收起注视着母亲的眼。 她转过身扫视了一下屋子。她得干点事转移心中日益泛滥的情感。 虽然她对母亲可谓爱恨交加，但她决定给母亲一个排场的葬礼。 她知道乡下人最看重这一套了。

她叉着腰，开始向兆娟询问葬礼的事。 她的样子俨然已成了这个葬礼当然的总指挥了。 兆娟同她说了一些情况，她不住点头表示认可。 最后兆娟说出了自己的担心。 她指了指大哥，说，他已有两天两夜没睡了。 兆曼皱了一下眉，点了点头。

兆曼左右前后看了看，又问：

"红宇他爸还没来？"

兆娟说:"他爸去了贵州,干部交流。 去了有一年了。"

"通知他了吗?"

"电报打过去了。 但他那地方闭塞,听说一个星期才通一次邮,路上也得三四天。 恐怕他赶到,事也办完了。"

兆曼向兆娟挥了挥手,意思是说知道了,忙你的去吧。

她在一旁观察了大哥一会儿。 大哥的样子完全不像一个男人,像一个被阉割过的太监。 男人应该顶天立地,哪能像大哥那样整天看着母亲的脸色行事。 看着大哥这个模样,兆曼就有一种悲愤从心头涌出。 她知道这一切都是母亲造成的。 母亲总是把自己的意志强加到别人身上,把这个家庭搞得一团糟,可母亲自己还没有意识到。

"大哥,你去睡一觉吧。 兆娟说你都两天没睡了。"

大哥没吭声。

"你这是何苦来着?"兆曼显然对大哥的沉默有点气恼,她高声地说,"你对她够好了,她躺在床上这两年都是你照料的呀,谁不知道你是孝子啊。"

大哥还是没吭声。 只要大哥不吭声了,家里人就不会再劝说。 家里人都知道兆根这时候很危险。 但兆曼是个急性子,她管不了那么多,她一定要让大哥去睡上一觉。

"没人规定长子一定要守着的呀,睡一觉难道就不孝了?"

大哥看了一眼兆曼,好像不认识她似的。 这一眼看得兆曼胆战心惊。

兆曼叹了口气，说："你怎么这样死脑筋？ 嗯，她待你又……"她看了看母亲，忍住不说了。

四

大姐和大哥说话的当儿，兆军在隔壁的屋子里直愣愣地看着城里来的姑娘们。 但他的脸上却还带着腼腆，一种想笑但又不敢笑的神情。 主要是因为母亲刚死，他觉得笑似乎不应该。

城里的姑娘站在屋子里，脸上表情都比较严肃，她们都没坐下，好像坐下是不尊重死者的表现。 兆军殷勤地搬凳子让她们坐。 她们都有点陌生地看着兆军。

兆军来到一个大嘴巴、大眼睛姑娘身边时，大嘴姑娘轻声说：

"兆军，你变好了呀。"

兆军笑了一下。 他的笑容里有一些孩子式的调皮。 看到他的笑容，那姑娘又说：

"看来你是装的。 你还那样坏。"

那大嘴姑娘叫刘燕。 不过是不是真的叫刘燕只有鬼知道。 兆军曾经去大姐店里帮过忙。 那会儿，刘燕已在那里了。 今天来的六位姑娘中，他认识其中的四位。 他刚到店里的时候，不知道这些姑娘是干什么的。 店里有这么多漂亮姑娘让他心花怒放。 当然，没几天，他就知道她们是干什么的了。 后来就是这个叫刘燕的姑娘主动找他睡了觉。 刘燕告诉他，她就喜欢不经事的愣头青。 就是打这以后，他成了一个浪荡公子。 他几乎同店里所有的姑娘都发生了关系。他赚的钱几乎都花在这里了。 因他赚的钱有限，他甚至还欠了姑娘们一屁股的债。 没多久，他就染上了一身的病。

他得病后，大姐就知道了这事，把他狠狠地骂了一通，并把他从城里赶了回来。 兆军从城里回来后像是中了邪，他常找村里的女人。 他因此常挨村里男人的揍。 但他乐此不疲，被揍了后还干这事。 母亲从来不管他。 他知道母亲这辈子最宠的就是他，他干什么事，她都原谅他。 他一点也不怕她。

姑娘们的身上都很香。 这香气让他内心欢喜得发狂，他激动得浑身都抖起来。 他的脸红看上去好像是腼腆，实际上是激动。 他很想伸出手去抚摩她们柔软的胸脯。 他曾经抚摸过她们，至少摸过其中的四位。 他知道抚摩她们，她们会有什么样的反应。 但现在不能，死了的母亲躺在厅堂上，屋子里人也太多，打情骂俏不是时候。 不过，他还是占了一点小便宜，他伸出手去，拉住她们的衣襟，叫她们坐。 当然碰到她们的肌肤是不可避免的。 多么令人心动的肌肤啊。

姑娘们都坐了下来。 但她们的注意力似乎都在厅堂里。她们的眼神穿过房间门到达厅堂。 其中一个穿白衣的姑娘直愣愣地看着大哥，就好像她发现了大哥身上有什么秘密似的。 她的眼中似乎还有点泪影。 但他对这个白衣姑娘没什么兴趣，她看上去虽然漂亮，但显得太单薄了点。 他还是喜欢那个大嘴刘燕，什么都丰满，嘴丰满，胸丰满，屁股也丰满。 他一直瞪着刘燕。

刘燕好像知道他瞪着她，她没回头，问："你哭过吗？"

"我哭什么？"他不以为然地说，"一个大男人，有什么哭的。 人嘛，总有一死的。"

"我知道你是个没心肝的人。"

"我怎么没心肝了？"

"你自己心里明白。"

兆军的脸上突然涌出某种暧昧的笑容。 他用一种近乎油滑的腔调轻声说：

"你难道不知道我只喜欢你？"

"去去。"刘燕不以为意地说，"也不看看这是什么地方。"

他们正有一句没一句说着话，大姐兆曼一脸严肃地进来了。 姑娘们的脸也都变得充满了悲伤。 兆军知道姑娘们这是装给大姐看的。 她是老板娘，有什么办法。

大姐见到兆军坐在姑娘们中间，皱了一下眉头。 她说：

"你坐在这里干什么？"

"我陪陪客人们。"

"她们用不着你陪。"她想了想，说，"你去帮帮道士们的忙。"

兆军天不怕地不怕，大姐他还是有点怕的。 他就点头哈腰地去了院子。 出去的时候，他还向姑娘们挤了挤眼睛。但姑娘们神色木然，没像以往那样回应他。

五

姑娘们坐在里间，感到无事可干。 这时，她们的老板娘兆曼又进来了。 老板娘对她们说，你们晚上要住在我妹家。老板娘这么宣布时，她的妹妹兆娟就在一边。 刘燕发现兆娟听了这安排似乎有点吃惊，她猜想老板娘肯定没同她商量过这事。 她们老板娘办事总有那么一点霸道。 老板娘就叫一个孩子带她们去住的地方。

从灵堂里一出来，姑娘们就放松了。 刚才严肃呆板的姑娘们突然变得放肆起来，她们相互开起一些玩笑。"小玉，你是不是在拍老板娘的马屁呀？ 你还真跪下来了。""呸，你们说什么呀，我跪下来是因为她像我的外婆。""小玉，你可真是孝。"她们经常联合起来调笑那个穿白衣的姑娘。 她们的笑声显得清凉而悠远。

刘燕觉得她们的老板娘兆曼女士真是个奇怪的女人，她竟带着她们来奔丧。 不过，刘燕马上想通了，她们的老板娘本来就是一个好排场的疯狂的女人。 她们店里生意好并且安全都靠了她这份爽直和排场。 老板娘以前没同姑娘们讲起自己的事，姑娘们不知道她竟来自这么偏僻的地方。 当她们坐着中巴在村子的道路上颠簸时，她们都对这个村子的闭塞感到吃惊。

姑娘们背着包，跟着前面领路的那个少年。 刘燕觉得那前面走的少年很有意思。 那少年有点腼腆，看她们的眼神充满了羞涩。 但她觉得他其实有了男女之间的感觉，瞧，他的嘴唇上都有了一层毛茸的柔软的胡子。 她觉得那些绒毛可爱至极。 那孩子没回头看一眼，同她们保持着一百米的距离，但她知道他其实时刻注意着她们。 她们刚进灵堂时，她就注意到他不时偷偷瞧着她们的亮晶晶的眼睛了。 他现在走在前面，他的动作都有点走形，有点僵硬，就好像他的背后正有一支枪瞄准了他。 刘燕觉得这个孩子很有意思，她就想逗他。 刘燕就是喜欢乳臭未干的小男人，见到他们，她就会有那么一股不可抑制的母性冲动，甚至还有一种想把他们搂在怀里的欲望。 她在这方面吃了不少亏。 现在，在城里，即使这样的小男人也很坏，她要说也是个经验丰富的女人，却不时要上小男人们的当。 不过眼前这个小孩子看上去纯真无邪。 乡下的小男孩就是老实。 她觉得自己已喜欢上这个孩子了。

"喂，小孩，你走得慢一点，我们都赶不上你了。"刘燕喊。

姑娘们都笑起来。 一个说："刘姐，你老毛病又犯了吧？"

"去去，死丫头。"

那孩子在前方站住，他回过头来看她们。

"这么热的天，你还走得这么快。我们还背着包呢。"刘燕把包放在地上，懒洋洋地对着那孩子招手，"小孩，你帮我搬下吧。"

那孩子红着脸，停在那里有好一阵子。一会儿，他面无表情地朝她们走来，好像他浑身不愿意似的。刘燕没想到的是他没朝自己走来，而是走到小玉面前。小玉也背着一个不小的包，这会儿她的脸已被太阳照得白里透红，额头和鼻子上满是汗水。那孩子二话没说，就接过小玉的包。没等小玉反应过来，他就背起包加快步子跑了。

"唷，这小孩，帮忙还看人头呢？"刘燕夸张地叫道，"我好像没得罪这小孩吧？"

别的姑娘都笑了起来。有人说："刘姐，看来小孩不爱你，他爱小玉。小玉，你要当心啊。"

一会儿，就到了孩子家。孩子把姑娘们安顿好。孩子的母亲已交代好了的，家里一间专门给客人住的房间里有两张床，可以住四个人，另外孩子睡的房间也要让出来给姑娘们住。姑娘们安顿完了后，就聚集在孩子家的厅堂里。那里有一张八仙桌，姑娘们都感到累了，她们歪七扭八地坐在椅子上。

"坐了一天的车，累死人了。"休息了一会儿，刘燕首先发出了声音。说话的当儿，她拿出化妆盒开始补妆。一会儿，她那又人又厚的嘴唇变得鲜艳九比。

刘燕补好妆见孩子站在门口，就说："喂，小孩，你过来，给我敲敲背。"她的脸上充满一种既像挑逗又像是调侃的表情。

"呀，刘姐，你就别逗他了。 你瞧他的脸，红得像个大姑娘了。"一个姑娘说。

"你不愿替我敲？ 你一定愿意替小玉敲是不是？"她依旧不放过他。

就在这时，刘燕感到门口暗了一下，那孩子被挤在一边，刘燕见兆军嬉皮笑脸地来了。 他的身上带着一股子热风。

兆军说："我来给你们敲背吧，姑娘们。"

屋子里一下子充满了笑声。 刘燕见那小孩趁机溜了。

"谁要你敲背啊，你这个流氓。"

"那你们给我敲吧。"

"喂，你老娘尸骨还没寒呢，你不去守灵来我们这里胡闹。"

…………

六

红宇来到院子里。 他听到屋子里充满了笑声。 红宇突然感到一阵沮丧。 好像一种他喜欢的气氛一下子被破坏了。他有点恨小舅的到来。 红宇站在院子里，他的耳朵一直竖着，他不知道小舅是不是真的在给那个姑娘敲背。 他有一种酸涩的情感，他发现自己竟有点嫉妒小舅。

红宇长这么大从来没见过这么漂亮的姑娘，她们好像是从图画里走出来的一样，虽然红宇曾听小舅说起过她们，但红宇觉得自己还是被她们镇住了，红宇觉得没法蔑视她们。

他尽量装作对她们没任何兴趣。但他知道他无法抑制自己不注意她们。当他领着她们回家时，他没回头，但他把所有的注意力都倾注到后面这群姑娘身上。他觉得他的脊背长出了无数双眼睛，他不用回头，就可以看到她们的一举一动。他的背后很热，就好像他的身后有一股热浪。她们的笑声和热浪一起作用在红宇的背上。红宇感到背部有一种灼痛感。当红宇听到她们的笑声时，红宇感到外婆死亡后一直在他心头盘绕的神秘气息冲淡了一些，他的心头好像有一种像春天的芽的东西长了出来。他觉得死亡就像巨大的天幕，而她们的笑却可以在这幕上钻出几个洞。

现在红宇知道那个话多的姑娘叫刘燕。一个大眼大嘴巴的女人，红宇觉得这个女人有一种令人生畏的放肆，但她确实也是个美丽的姑娘，她笑起来清脆、张扬，像空气中燃放的鞭炮。但红宇喜欢看的不是她，而是那个叫小玉的穿白裙的姑娘。她看起来不起眼，但红宇就是喜欢看她。他还喜欢小玉这个名字，有一些光亮、柔和的感觉，就像她的模样。当然，她敬拜外婆时那虔诚的模样也让红宇喜欢。她还说红宇的外婆像她的外婆。听到这话，红宇的心头有一种无法言说的亲近感。

在安排房间时，红宇按自己希望的，让小玉住到他的房间里。他希望她那柔软的身体能躺在他睡过的地方。这样想的时候，他感到心头热了一下，一些温柔的情感注入了身体里。红宇做的第一件事就是把小玉的包放在自己的床上。当红宇领着小玉和另一个姑娘走进他的房间时，红宇的心怦怦地跳起来。晚上小玉真的将要睡在他的床上了。"这是我睡的床。"红宇突然对小玉说。他发现小玉的脸红了。他的脸也跟着红了起来。他补充说："不过，被子都换过了。你放心，很干净的。"小玉对他笑了笑，问："你多大了？"红宇说："十四岁了。"小玉不无调侃地说："是小伙子了。"红宇从小玉的身上嗅到了香气。他想，这香气会留在他的被单上。

屋子里，小舅和姑娘们还在闹。红宇觉得小舅不应来这里，他应在灵堂帮忙。那边有那么多事要他干，而他却在这里开心。小舅这个人真是没良心。外婆活着时就宠小舅一个人。外婆曾告诉红宇，她宠坏了小舅，她死后最不放心的就是小舅。

当小舅和她们正在闹的时候，空气中突然传来一些音乐，这些音乐虽然听上去很遥远，但显得激烈、昂扬，好像空气里突然被某种东西充满了。红宇感到这音乐像是从天而降，就好像这些音乐来自那天边的云层。他们都安静下来。当然，这些音乐来自外婆家。红宇猜想道士们这会儿已摆好了架势，在准备晚上的功课。音乐把刚才的欢乐一下子掩盖了过去，就好像那个叫死亡的巨幕又一次笼罩在了他们的头上。 红宇觉得这音乐听起来隐藏着一种怒气冲冲的东西，就像是外婆发怒的样子。 是不是外婆在为这里的欢乐生气呢？红宇的心紧缩了一下。 红宇听到，刚才喧闹的屋子顿时安静了下来。

七

天一暗下来，道士们就开始做仪式了。 他们穿着道服，挥动着剑，口中诵唱着人们听不懂的经文。 其中的三个道士没有舞蹈，他们吹奏着各种各样的号子，曲调高亢。 那几个作法的道士伴着这样的乐声，手舞足蹈，手中的宝剑一会儿指天，一会儿转动，他们的眼神专注而木然，好像他们这会儿看到了被上天接走的灵魂。 作为长子，兆根跪在灵台前，披麻戴孝，神色肃然。 他的眼神依旧是那种脆弱的迷茫，就好像这会儿灵魂已不在他的身上，母亲还是那种置身事外的安详的表情，好像道士们的功课与她没有关系似的。 兆曼带来的姑娘们坐在一旁看道士表演。

兆根一想起那些姑娘看着他，他就感到莫名紧张。 他的眼前出现一团纷乱的色彩，什么颜色都有，就好像有无数只色彩各异的萤火虫围绕着他。 他都要晕过去了，他只好偶尔闭闭眼，以使让眼前的色彩消失，但他只要一闭上眼睛，她们身上的香气就会像一条条蛇一样钻到他的鼻孔。 他从这香气中同样看到了她们的乳房和屁股。 乳房和屁股让他有一种运动的欲望。 他非常害怕,他知道这不是好兆头。 每次他犯病时,他都会看到乳房和屁股,并且浑身想动,他知道不让自己犯病的办法,他只要想想母亲,让母亲来控制他,他就不会越轨。 他就把目光投向母亲的尸体,他的生活一直是由母亲做主的。 他对母亲言听计从。 每次,他发病的时候,只要母亲出现在面前,他就会变得温顺起来。 刚刚还是凶恶的张牙舞爪的样子,会一下子恢复正常,但现在母亲死了,母亲管不了他了。 他真的感到有一些自由自在的东西在他的身体里生长。 他有点害怕这种东西。 他知道母亲不喜欢他身上的这种东西。 母亲不喜欢他犯病。 他希望死了的母亲能帮帮他,依旧给他力量,他希望母亲的灵魂来到他的身体里。 有那么一会儿,他真的感到母亲的灵魂钻到了他的身体里。 他的心稍稍平静了一点。

道士们要求兆根起来和他们一起作法。 这是长子必须做的功课。 他们给了他一把剑,一个道士说,他只要跟着他们做就可以了。 兆根还是一脸木然,他握着,跟随在道士们身后。 开始的时候,兆根的动作僵硬而不协调,像一具木偶。他手中的剑寒光闪闪。 但后来,姑娘们离他更近的时候,他不由自主地挥舞得夸张起来。

姑娘们在一旁兴致勃勃地看着。 她们显然对如此复杂的仪式感兴趣。 有时候,她们还轻声议论几句。 他听得见她们在说什么。 她们说得再轻,他都听得见。 他的所有注意力都在她们身上。 她们在说，他披麻戴孝，手握宝剑，像一个戏子。 听到"戏子"这个词，他就感到身体飘了起来。他感到体内没有一根骨头，身体也没了重量，像一根羽毛一样在天上飞。 他的动作就有了一种表演感。 他比画着剑，眼中有一些危险的气息，就好像他的剑会随时刺中场外的某个人。 当然，他更多地把剑指向那些姑娘。 他发现那些姑娘的脸上有了一些惊恐之色。 他喜欢看到她们脸上的惊恐之色。

兆军扎在姑娘堆中。 在姑娘没来之前，兆军显得没精打采，他基本上对母亲的死没什么反应，就好像母亲死亡是一桩天经地义的事。 但自从兆曼带了姑娘回来，兆军看上去精气神十足，两只眼睛像手电筒似的发光。 兆军是不会让自己闲着的，他在姑娘堆里钻来钻去，和村里的男人有说有笑的。

第一道法事做完了。 第二道要在一个小时后开始。 姑娘们似乎失去了刚才的兴致，她们打起了哈欠。 整个丧事期间，亲朋好友一直在打麻将（不过这用不着奇怪，乡下人把丧事当作喜事来办的），只有在作法事时他们才停下来。 他们当然不会让这一个小时白白流走的。 他们又打开了麻将。兆根依旧立在院子里。 他虽然没去里屋，但他知道姑娘们也在打麻将。 只要他愿意，他不用眼睛就可以看见所有的东西。 他凭她们身上的气味就知道她们的形象，她们的动作，她们的笑容。

　　他告诫自己不要让自己看见她们，但他憋不住还是看见了她们。　她们在打麻将。　兆军坐在她们身边，兆军的大腿贴在那个大嘴美人的大腿上。　有时候，兆军还伸出手去抚摩。　那个姑娘通常是没有任何反应，而是把自己的注意力都集中到麻将上面。　当然有时候，她会白兆军一眼，然后用力把兆军的手挪开。

　　兆军一直涎着脸。　村子里的男人站在一旁观看。　他们离姑娘们越来越近。　他们的脸上充满了兴奋，就好像猎人见到了猎物。

　　他感到自己都快坐不住了。　他的身体又轻起来，飘进屋去然后像空气一样钻入她们的衣服，钻入她们的身体。　茫然从他的眼睛慢慢退去，变成了可怕的光芒。　他感到魔鬼从他的身体里面钻出来了。　这是母亲说的。　每次母亲说他的病时，母亲就说是魔鬼从他的身体里钻出来。　现在魔鬼又要钻出来了。

　　就在这时，他听到周围突然响起了音乐声。　这乐声把他吓了一跳。　是道士们操起了家伙，第二道法事开始了。　道士们这回吹出一种急促的音乐。　鼓点急促，锣声急促，但那些乐器却停在某个音上一动不动。　兆根被这鼓声和乐声弄得很恐慌，这种恐慌就像这音乐一样无边无际。　但就在这时，他在音乐里看到了母亲。　母亲的灵魂在那音乐里，看着他。母亲还在他身边，母亲管着他。　他身上的魔鬼就又钻了进去。　他感到自己平安了一点。　他重新坐了下来，等待道士

在福建

和张清华（左一）、毕飞宇（左二）、李洱（左三）、东西（左四）在一起

和毕飞宇（左一）、汪政（左二）、张清华（左四）在一起

在保加利亚

在奥维斯辛

在北师大

在墨西哥

在山西

在香格里拉

在柬埔寨

在南京

在柬埔寨

们叫他做第二道法事。

八

她们正在打麻将。 男人们涎着脸站在一旁。 他们早已把这个葬礼给忘了。 大姐真是古怪，竟然带了一群三陪女回来。 这算是哪门子事呢。 不过冯家的孩子都有一些古怪的念头。

兆娟这会儿深感生命的空虚。 这种空虚感多年来一直盘桓在她的心头。 她把它看成是一种知识分子的毛病。 她确实算是这个村子里的知识分子。 她在一些看法上和乡里人是那么不同。 乡里人像她的母亲一样对她很客气，就好像她不是这个村子里的人。 她有时候太清高了，她总不能和乡里人打成一片。 她的痛苦就显得与众不同。 瞧他们，他们是多么自得其乐，即使在这个葬礼上，即使在悲伤的时候，他们还不肯放弃快乐。 瞧他们围着姑娘们的样子，他们的每个细胞都在激动地分裂。

她感到自己的生命一直是被束缚住的。 她的生命有一个除自己之外的另一个主宰者。 这个主宰当然就是母亲。 她这一生从来没有违逆过母亲的意志。 她本来是可以不回村的。 她师范毕业可以留在省城。 但母亲不愿意子女在外面，母亲一定要她回来。 兆娟为这事跑回家。 母亲说，我要你们都留在我身边，我要看着你们。 我辛辛苦苦把你们养大，我这点要求不高。 兆娟说，我有男朋友了，我得同他在一块儿。 母亲说，叫他回来，如果他来真的，他就应该跟你回来，做我的女婿。 我担心他在骗你。 母亲总是很多疑。她说，妈，他怎么会来，他是城里人怎么会来这个鬼地方。母亲生气了，母亲说，你们都跑吧，我早看出来了，你读书就是为了从我这里跑开，你不想回来你就滚吧，你从此不要来见我。 她知道她是拗不过母亲的，她这辈子还没有一次拗得过母亲。 母亲在她这儿，随时都可以把她拽住。 她只能屈服于母亲。 大姐的事是最好的例证，如果她不想像大姐那样让母亲伤心，她就得回来。 于是她回到了这个偏僻闭塞的村子。

但母亲却并不因此而高兴。 母亲好像知道她内心的委屈，从此后对她很客气。 母亲是个敏感的女人，她希望自己的子女要心甘情愿地服从她，心甘情愿地待她好。 如果让她感到子女们这样做了，但心里是极不情愿的，她也要生气。

男友真的同她回到了小村。 他们结婚。 但仅仅过了一年，他就待不下去了。 他是城里人，他受不了乡下的寂寞。 他调走了。 他要求她也走。 她没走。 她没办法走。他不能理解她。 从此后，他很少回村。 那一年，她有了红宇。

一晃过去了十多年。 其间，她也想过调到他的身边。因为那时候她对母亲充满了怨恨。 她感到自己有足够的力量违抗母亲的意志。 但这时候，丈夫似乎没了这个心思，或者他压根儿没想过兆娟会有这个愿望。 这样，她就不好意思向他提这事。 这十多年中，丈夫渐渐变得抽象了，变得像一个干巴巴的符号。 他们很少见面，偶尔见了面相互之间都很客气。 她知道他对她非常不满。 这十多年中，他让不满变成了沉默。 他在外人面前显得快快乐乐的，但在她面前成了一个哑巴。 也许是因为对自己的生活失望，也许是出于对她的报复，他离她越来越远。 他从地区调到省城，后来，他参加了支边援教，到了贵州。 那里也是山沟小村啊，可他去了那个地方。 她感到最不幸的还是红宇，现在红宇像一个没爹的人。

这一切都是母亲造成的。 可母亲现在走了，她不会为此承担任何责任。 母亲死前没同她说一句话，没给她一个安慰的说法，她就走了。 母亲走了，她突然觉得她以前为母亲所做的一切都显得毫无意义，甚至有一种荒谬之感。

兆娟不由得失声痛哭起来。 旁边的人以为她在为母亲哭泣，都来劝她节哀。 只有她自己知道，她这完全是在为自己哭泣。

当她从痛哭中抬起头来时，在院子外，在黑暗中，有一副眼镜片在闪烁。 一双关切的眼睛透过镜片落在她的身上。她的心慌了一下。 那是小李。

她知道这个比她小十多岁的沉默寡言的男人关心她。 小李是五年前来村小学的，他来之前，村小学只有兆娟一个老师。 兆娟把所有的精力都投入到了孩子们身上。 她对小李的到来没太在意。 她觉得小李不会在这个村庄待多久的，他马上会厌倦这里然后远走高飞。 但小李待下来了，并且一待就是五年。 小李言语不多，但非常细心，他注视人的目光里有一种温暖人心的东西。 这种东西让兆娟心慌意乱。 后来有人开始传说，小李不走是因为兆娟，他们说小李迷上了兆娟。 兆娟听到这个流言倒是没多大反感，反正她没做错什么，心里很坦然。 不过她认为他们的传说也不是空穴来风，她感到了小李似乎对她有异乎寻常的热情。 她回避这种热情。 某些个晚上，兆娟会想想独个儿住在村小学校里的小李，她发现她其实很惦记着他的。 她当然还会想自己的丈夫，但她不知道他在干什么。 她对他无从把握。 这样的想象让她倍感生命的空虚与无奈。

这会儿，因内心闷而哭泣的兆娟想独自待一会儿，她想去什么地方透口气。 她朝村子里走。 道路很亮，月亮被那些屋檐儿藏着，但她好像看见了它，安静、神秘，就像是永恒之门。 兆娟觉得它的光亮就像是洗洁剂，把村子里的一切都洗干净了。 走在村道上，道士们的功课好像一下子被推到了很远的地方，他们诵唱的经文和乐器奏出的乐声这会儿显得若有若无，就好像被广大无边的天空消融了似的。

兆娟害怕在路上碰到小李，又似乎隐约盼望着碰到小李。

九

红宇喜欢站在这些白布下面，白布拂着他那略显稚气的年轻的脸，他有一种痒痒的感觉。大舅一直跟着道士们做着各种各样的动作。说实在的，大舅手中的那柄剑让他感到不安。他总感到大舅随时可能把剑刺向周围的人。

红宇看到大舅紧张的样子就有点难受。大舅这样过日子真是没劲透了。红宇觉得大舅活得有点可怜，大舅活了大半辈子，还是个单身汉，又有这样一种病。但大舅确实是一个孝子。外婆躺在床上的这两年都是大舅照顾的。大舅给外婆端茶送饭，擦身倒尿。外婆的脾气不好，一不顺心就要骂大舅。但大舅的脾气很好，他从来是一副和顺的样子，不会违逆外婆。

道士的吟唱其实在不断重复，虽然听起来非常神秘，但还是给人单调的感觉。这么单调的吟唱，听多了就会感到兴味索然。

小舅在左顾右盼。他不知道小舅在找谁。后来，他意识到，小舅在找那些姑娘，因为姑娘们这会儿不在了。红宇不知道她们是什么时候走的。一会儿，他发现小舅也走了。

红宇突然感到周围变得空荡荡的。其实周围都是人，村子里不少人都在观看道士作法，走掉几个人是显不出少来的。红宇知道自己的这种感觉同姑娘们的离去有关。他不

知道她们干什么去了。 是不是去睡觉了？ 小舅是不是找到
了她们？ 红宇很想去家里看看。 红宇的心像是被什么带走
了。 他立在人群里看着香烟缭绕的放在院子中间的香案，显
得魂不守舍。 一会儿，他也从人堆里溜了出来。 他想弄清
楚她们究竟干什么去了。

红宇回到家门口。 他似乎嗅到空气中有一些芬芳。 他
深深地吸了几口，他感到某种温暖人心的东西直抵心头。 家
里静悄悄的，他想她们可能睡了。 但又觉得不对头，因为小
舅似乎不愿意她们这么早睡的。 小舅这个流氓一定会缠着她
们玩的。 红宇爬上楼梯，发现她们房间的门关着。 他不知
道她们是不是在里面。 他把耳朵贴在门上，但里面什么声音
也没有。 他有点焦灼。 他搬来凳子，从窗口往房间里瞧。
她们确实不在。 他不知道她们去哪里了。 他感到有点失
落。

她们到哪里去了呢？ 他站在阳台上。 村庄就在他眼
前。 村子里的灯火已经暗了，只有村中间外婆家里灯火通
明。 这灯火在夜晚的雾气中像是在飘移。 红宇知道这个夜
晚，外婆家的灯火是不会熄灭的。 可她们却消失不见了，像
空气一样消失在黑暗中了。 她们在干什么？ 他感到她们好
像与这村庄浑然一体，合二为一了，他感到她们好像无处不
在。 空气中的香味源源不断。

红宇又走在暗的村子里。 村子的西边就是群山。 群山
在月光下显得生机勃勃，就好像它们正在此起彼伏。 红宇感

到在山上，在村子的每一个角落似乎正在发生一些隐秘的事情。那是些什么事呢？红宇无法想象。他感到孤单，他感到自己像是个被遗弃的人，被排斥在了热闹之外。

红宇再次来到外婆家。道士们的法事还没做完，但围观的人比刚才少多了。村里的人都有早睡的习惯，他们大概支持不住都去睡了。红宇知道道士们的功课要做到子夜过后。那白天听来有点儿喧闹的锣鼓声，这会儿听来清凉、安谧，有着黑夜神秘的气息。红宇找了个位置坐下来。她们去哪里了呢？他感到坐立不安。

道士们终于在十二点钟完成了他们的功课。道士们开始吃早已准备好的午夜点心，红宇也胡乱吃了一点就回家了。他进自家院子时，一个黑影突然从窗口蹿了下来，同红宇撞了个满怀。红宇吓了一跳。在这个充满死亡气息的夜晚，什么东西都能让红宇吓一跳。一会儿，他才反应过来原来是一个孩子。他抓住那个孩子，然后踢了那孩子一脚。

"干什么呢，慌慌张张的。"

红宇抬头看了看窗口，猜到那孩子刚才在干什么。

"她们都回来了？"

孩子点点头。

"她们刚才去哪里了？"

"你小舅不让我说。"

"为什么不让你说？"

孩子显然不想回答这个问题，他像一条泥鳅那样溜了。

　　时候不早了，红宇也感到困了，他得睡觉了。 今天晚上，他将睡在母亲的床上，而母亲将在外婆家守一夜的灵。但令他奇怪的是他在床上躺了很久，睡意都没有降临。 他知道这是为什么，这是因为她们住在这屋子里，他满脑子都是她们的形象。 她们的形象让他浑身发热。 当然还因为他老是想着她们刚才去了哪里这个问题。 他对这个问题充满了好奇。 是呀，她们干什么去了呢？

　　因为睡不着，他后来索性起了床，来到了阳台上。 他发现这会儿，整个村庄都安静下来了，村子里甚至连一声狗叫声都没有。 空气有点儿潮气了，不像白天那样闷热。 红宇不知道有没有灵魂，外婆的灵魂这会儿是不是已被道士们的领唱送上了天，或者外婆的灵魂这会儿还在她的身体里。 红宇觉得这些事很复杂，他很想去问问道士们，但他又觉得不好问。 红宇有时候认为道士们也许也不懂，因为道士似乎脱了道袍后不是太严肃，好像他们根本不相信人死后有灵魂这码子事。 道士班里有个吹唢呐的妇女。 刚才吃点心的时候，他们老是开她的玩笑。 红宇还看到有一个道士偷偷地摸了一下她的屁股。 但她像没事似的，没有任何反应。

　　红宇回头看了一眼自己的房间，想起那个叫小玉的姑娘正躺在自己的床上，他感到很温暖。 他愉快地笑了。

十

兆曼一夜没睡。 她只在清晨的时候坐着打了一个盹儿。她是听到哭声才醒来的。 她还以为是女人们在为母亲哭泣，她凝神一听，发现这哭声越来越近。 她不知谁哭着到这里来。 这样一想，她就完全醒了。 天已大亮，她发现天气像昨天一样晴朗，即使在早晨，太阳也已经明晃晃的了。 他们已经把棺材放到厅堂里了。 棺材泛着一种暗红色的光芒，有一种非人间的气息。 母亲今天要送到山上去了，今天早上母亲将装进棺材里，盖子一盖就再也看不到母亲了。 她知道，她同母亲的恩怨也就了结了。

哭泣的是一个女人。 她是来找兆曼的。 那女人哭着看了看兆曼，兆曼就知道是来找她的。 那女人的后面跟着一群孩子。 虽然兆曼一年也就回村一趟，但她认识这个女人。她是兆娟的邻居，她是几年前嫁到本村的。 女人的声音有点收敛，好像她尽量不想让人知道她哭泣这回事，但又想让人知道她的愤怒和委屈。 兆曼不知道那女人为什么哭。 他们夫妻俩很少吵架的。 他们结婚已有好多年，但他们没有孩子。 他们一直很恩爱。 村里人都这么认为。

没有孩子的这对夫妻确实同别人不一样。 他们的脸上总是有一些阴影。 这是兆曼的直观感觉。 她想，他们脸上其实同别人一样，之所以有这种感觉可能同他们的脸过分憔悴

有关。 他们好像比别人少了一份精神，别的人家不管有多
累，孩子有多少事让他们操心，他们看上去都有一种坚定的
神色，好像他们已像一棵树那样扎在生活的深处。 而这对夫
妻，他们像浮萍那样，没有根基。 他们在村子里走着，有一
种轻飘飘的气息。 如果在晚上碰到他们，你会吓一跳的，他
们无声无息的样子像是鬼魂似的。 兆曼听说，兆军从城里回
来后，同那家的男人关系很好，好像很谈得来的样子。

现在兆曼已经猜到那女人找她什么事了。 她一定是来告
状的。 一定是兆军昨晚带着姑娘们在胡作非为。 她猜得没
错，果然女人哭泣着向她诉说起来。 哭泣使她的话听起来含
混不清，不过，偶尔还是可以听清楚一些关键词的。"……他
把我的钱都偷走了……呜呜呜……他为了快活把钱……呜呜
呜……他身上……呜呜呜……口红……呜呜呜………骚
货……呜呜呜……不要脸……呜呜……把老公带坏了……呜
呜呜……"兆曼不能断定兆军是不是干了这事，她觉得不能
啊，自己的老娘挺着尸，他怎么可以这样。 但冯家的孩子你
是说不准的，兆军什么事都干得出来。 如果他真这么干了，
那真是个不孝之子啊。 她决定把兆军叫来，问个清楚。 兆
曼已经愤怒了。

她黑着脸，向屋子里奔。 她知道他一定在姑娘们中间。
姑娘们都已到了。 今天母亲要出殡，每个人都要披麻戴孝。
兆军已打扮停当，他正在帮姑娘们穿。 姑娘对这身打扮很
有兴趣，她们正在兴致勃勃地试穿着。 兆军扎在姑娘们中

间，看上去有点滑稽。

兆曼一把抓住兆军，把兆军拉到一边。

"你昨晚干了什么？"兆曼的声音很响亮。 许多人看向他们。

"没干什么呀。"兆军的声音有点委屈。

"你收村里人的钱？ 都这个时候了你还干这个事？"

"是他们缠着我。"

"她待你那么好。 她这辈子就疼你，但她死了你还胡作非为。 你太不孝了。"

"你孝？"兆军一副刻薄的嘴脸，"她生病了你都不送她去城里的医院。"

兆曼给了兆军一个耳光。 她吼道："你说话要凭良心。是她自己不愿去。"

兆军说："如果你孝的话她会不愿意去？"

一会儿，兆军又说："她死前都说过，不要你来参加葬礼的。 你还孝？"

兆曼听了这话愣住了。 她的眼里突然涌出了泪光。 但她强忍着不让眼泪掉下来。 她凶狠地看着兆军。 兆军低着头像个犯了错误的孩子。 兆曼满怀悲伤，她希望妇女们这个时候哭泣起来，那她可以借机痛哭一场。 她观察了一下院子里的情况。 各个部门都就位了。 出殡的仪式即将开始。 可她实在憋不住了。 她转过身便哭出悠长的腔调，奔向母亲的灵柩。 她的眼泪源源不断地流了出来。 妇女们都跟着哭泣起来。

十一

　　母亲的棺材就放在兆根前面。 昨夜他没睡，一直坐着守灵。 他连一个盹儿都没打。 整个晚上，他的脑袋一片空白。 早上，他怎么也想不起自己昨夜做了些什么。 但兆曼在他面前打盹儿的模样他却记住了。 现在一想起来，脑子里就是兆曼那虚弱的模样。 别看她醒着时一副盛气凌人的样子，当她坐在椅子上睡着时，却像个白痴，她的嘴角还流着一线口水呢。 兆根已有三天三夜没睡了。 奇怪的是他没有困的感觉，而且他感到自己似乎越来越有劲，精神越来越饱满。 他感到自己这会儿可以把眼前的棺材背起来跑步。 兆根不由得看了看棺材。 他觉得今天的棺材与过去的棺材似乎有点区别。

　　在道士们的吹奏中，他们都行动起来。 母亲马上就要入殓了。 他们的动作很快，就好像他们身后正有一群恶兽追赶着。 在道士们器乐吹响的一刹那，妇女们都哭了起来。 她们吟唱出的悠长的腔调和器乐的单调形成强烈的对照。

　　兆曼带来的姑娘也站在一旁哭泣。 兆根想，这是兆曼带她们来的目的。 兆曼喜欢排场，她认为哭的人多，意味着死者在天堂有更高的地位。 他发现有几个姑娘真的流下了泪水。 他虽然不算了解女人，但女人们喜欢哭他是知道的，女人你只要给她一个机会，一个可以毫不掩饰流泪的机会，她们就会哭个够。 她们可不是在为母哭泣，她们可能是在为自己某些伤心的事情哭泣。 不过，说实在的，就是她们在哭泣，她们依旧让人心头发痒。 兆根听到音乐里又出现发怒的声音，好像母亲的尸体也动了一下。 他想他不该对那些姑娘胡思乱想，否则母亲要生气的。

按照风俗，母亲将由他们兄妹四人抬着放入棺材里面。头部将由兆根负责。 兆军负责母亲的脚。 女人们抬中间。兆根捧着母亲的头，母亲的头冰凉冰凉，他没想到母亲会这么冰凉，他的脸上露出诧异的表情。 四个人终于把母亲抬了起来。 他们抬得很小心，就好像母亲是一个易碎品。 母亲看上去很小，她的身子像一个未成年人的身体。 他们小心地迈着沉重的步子，尸体确实非常沉重。 后来，他们终于把尸体移到棺材口。

当他们把母亲放入棺材的一刹那，兆根突然觉得一直压在他身体上的某种东西正在离去。 他感到那种轻飘飘的感觉又来了。 他的身体浮了起来。 这让他感到害怕。 他知道这是母亲正在离去，母亲从他的身体里出走了。 道士们正指挥着人们把棺材盖钉上。 兆根知道，如果盖上棺材盖母亲就不可能再回到他的身上，那他的身子就要飞到天上去，那他再也控制不了自己的身体了。 兆根突然眼睛发白，大哭着要爬进棺材去，和母亲待在一起。 他们都来劝他，叫他节哀。他们一定以为他这是过分悲伤造成的。 但兆娟没有劝，她的脸色都白了。 只有她知道这是怎么回事。 她在兆曼的耳边嘀咕了几句。 兆曼的脸色也变啦。

她叫来兆军，叫兆军把兆根抱住。 兆军的脸色突然变得很惊恐。

"你怎么不动手？"

"他这个时候力气大，没办法制住他的。"

"那怎么办？"

"得请村里的人帮忙。"

兆军就去叫村里的人。

"都这个时候了，兆根你不要这样，传出去让人笑话。"兆曼哭着说。

兆根没理兆曼，他继续往棺材里爬。 道士们有点不耐烦了，在一旁说，快盖棺吧，时辰要来不及了。 其中一个佩剑的道士一把抱住兆根，兆根被他拖着远离棺材。 其余几个道士的动作很快，兆根一离开，他们就把棺材盖钉上了。 兆根再也看不到母亲了。 现在母亲已管不了他了。 他突然感到里面有一样东西在成长，他太熟悉这样东西，这样东西他很喜欢，但母亲认为不好。 于是母亲就在他的身体里管着这样东西。 这样东西长大的时候，他就会变成一个巨人，一个天不怕地不怕的巨人。 他感到身体已没有任何束缚。 就在这时，他的眼珠一下子藏在了眼睑里面，他看上去像一个盲人。 但他这个盲人却能看清周围的一切。 他敏捷地伸手把道士腰间佩着的剑抽出，然后像昨晚上道士做功课那样，剑指着右上角，围着棺材转动起来，口中还学着道士腔调吟唱。 周围的人见此情景感到十分恐惧，就好像这会儿他们见到了鬼。 兆根看着他们的表情就想笑。 他们的表情就像见到一桩比死亡还要可怕的事，或者说死亡正在他身上延续，就好像死亡成了一种传染病，正通过他发作。 村里的孩子们似乎一点也不在乎，他们见状都笑出声来。 那些刚才在一旁哭泣的城里来的姑娘，这会儿正用奇怪的眼神看着他。 他的剑在她们面前掠过。 她们吃惊的表情让他感到快乐。

孩子们又一阵哄笑。 兆根受到鼓舞，他变得轻佻起来。他竟然拿着剑去挑城里来的姑娘的裙子。 那些姑娘于是就向屋外逃。 她们一边逃一边还尖叫。 兆根听出她们的尖叫里似乎有些兴奋。 兆根提剑像一个英雄一样去追那几个逃跑的姑娘。 过去，兆根发病的时候也追过村里的妇女，那时候只要母亲一声吼叫，他就会还过魂来。 还过魂来的一刹那是多么令人扫兴，就好像有一块石头压在他的胸口，让他喘不过气来。 现在，母亲已从他的身体里离去了，再没有人可以镇住他了。 他感到自己长得像天一样高了。

道士们看来见多识广，他们并没有中断他们的吹奏，急促的鼓乐声似乎掩盖了正在发生的事，好像兆根的行为是他们仪式的一部分。

兆根感到背后出现几个影子。 他知道兆军带着几个小伙子赴到了。 他一下子被他们围了起来。 他们手中拿着绳子。 兆根感到很愤怒，于是他的脸上就出现了愤怒。 他开始挣扎。

兆曼显然是害怕了。 她在一旁同兆娟说话。 她说他的愤怒非常熟悉，他的表情就像母亲发怒的样子。 她还说是不是母亲的灵魂附在了他的身上，母亲是在借他的身体发威。兆娟似乎意识到了这一点，她脸色苍白，浑身在抖。 兆根觉得兆曼和兆娟这是在说笑话。 母亲这会儿不在他的身上，母亲已彻底地从他身上离去了。

虽然兆根在挣扎，虽然他感到力量无穷，但兆根终于还是被兆军和那几个小伙子制服了。 他们用绳子把他捆了个结实，然后把他绑在里屋的床上。 兆根感到天空正在吸引着他，他的身体要和天空浑然一体。 他拼命地挣扎，他满头大汗，口中吐着白沫。 他感到他的身体快要被撕裂了。 他的脸上依旧是那种像母亲发怒时的表情。 周围人的害怕让他兴奋。

十二

出殡的队伍照常出发了。 红宇看到棺材被人抬了起来。棺材抬起来时晃了几晃。 他想起外婆生前是多么看重这口棺材。 外婆活的时候，棺材就放在她的房间里，外婆常常用鸡毛掸子掸掉棺材上的灰尘。 其实棺材上没有灰尘。 刷在棺材上的油漆像是有色玻璃那样发出异样的光芒。 最近两年，红宇每次来外婆的房间，看到这具棺材总会有点害怕，他觉得棺材好像与另外一个世界相通似的。 但小的时候，红宇却不怕这棺材。 有次，红宇因为偷了妈妈的钱，买了一堆鞭炮，妈妈很生气要打他。 他就躲到了棺材里。 妈妈当然找不着他，找了一天一夜都不见踪影，还以为他出了什么事。后来还是外婆发现的，外婆掸去灰尘的时候，发现棺材里有东西在动。 其实昨晚她已听到有什么东西在敲击木头，敲了一整夜，她还以为是自己年纪大了而产生的幻觉呢。 天亮了，棺材里面的东西还在动，这时外婆才意识到不是幻觉，棺材里面确实有东西。 她猜想可能是老鼠钻进棺材里去了。外婆叫来大舅，打开来一看，发现红宇已饿得两眼都黑了。

本来，大舅应该捧着外婆的遗像走在队伍的最前面的，但现在大舅被捆绑着，这事只得由小舅来干了。 小舅心里不愿意，但也只好干。 在上山之前，出殡的队伍还要在村子里做一系列仪式。 队伍要绕着村子转一圈，为的是让死者记住回家的路。 然后，就要"走天桥"。"走天桥"的意思大概是从此后就天各一方了。

"走天桥"是象征性的，因为人们见不到真正的桥，只是有人在地面上用石灰粉画了一座桥而已。 过这桥的时候，红宇第一次意识到外婆确实不在了，他突然感到心里很难过。他不由得流下泪来。 这是外婆死后他第一次流泪。

过了这座桥，队伍就可以上山去了。 这天阳光异常猛烈。 阳光照得路面光芒万丈。 道路边的房舍同样充满了华光，那些站在路边看热闹的人神情肃穆。 强烈的光线给人一种恍惚感，好像天堂真的近在眼前。 空气里似乎注入了寂静之气。 除了灵枢边那些女人的哭泣，天地间的声音好像都藏匿不见了。 红宇走在队伍的最后，由于光线太强烈，他有点睁不开眼。 为了看前面的动静，他常常走到路边，往前张望。 妇女们在灵枢的后面哭泣。

某种苍茫的带着恐慌的情感一直在红宇的心里，消散不去。 虽然红宇知道大舅有病，但大舅的病在这当儿发作，还是让红宇感到不踏实。 红宇甚至有一种做梦似的感觉。 红宇觉得这会儿自己的双脚不是踏在土地上，而是在半空中，在外婆要去的那个世界的路上。 四周充满了一种轻飘飘的气息。 在他眼里，一切显得支离破碎，不堪一击。

他发现小舅似乎一点也不在乎，他好像赶集一样，在人堆里钻来钻去。 当然，小舅更多的是在姑娘堆里钻。 那些城里来的姑娘手里捧着花圈走在队伍的前面。 他发现那些城里来的姑娘今天穿着裙子，她们裸露的小腿像刚刚生下来的小白兔那样活泼没有生机。

红宇想起了昨晚的一个梦。 这个梦想起来让他脸红心跳。 清晨醒来时，他发现他的下身有凉冰冰的感觉。 他伸手一摸，心就狂跳起来。 他知道怎么回事，他又遗精了。 当然这不是第一回了。 但他依然像第一回那样慌张，还伴着一种恐惧。 他搞不清为什么会流出这种东西。 他也没问过母亲，这是怎么回事。 他认为这是不好的。 他赶紧换了短裤。 他从水缸里弄了点水草草地洗了一把。 他不敢晾在阳台上，他把它晾在厨房的窗口上。 红宇看了看天。 天很蓝，远处有几朵白云。 红宇觉得一切令人困惑。 他此刻的不安就像这天一样广阔。

如果她们的腿真是一群小白兔，红宇肯定会去抚摩它们的。 不过，小白兔跑得很快，他恐怕追不上它们。 他的脑子里出现自己在田野上追赶小白兔的情形。 这个想象让他轻松了点儿。 他觉得这会儿，她们是天底下最明亮的东西。 她们给予他一种镇静感。 有一些若隐若现的香气从前面飘来，他愿意吸吮，他让每个毛孔都张开了，让汗水畅快地吐出来，然后把空气中的香气吸个干净。

道士们吹奏着悲伤的灵曲，与刚才的激越相比，这会儿曲调要缓慢得多。 曲调非常简单，像一首古老的民歌的调子。 在这缓慢的曲调中，偶尔会出现一种像竹竿一样长的号子吹出的不和谐的尖叫。 这些尖叫充满了幽灵的气息，好像灵魂有着震人心的愤怒的性格。 每次这种尖叫响起，红宇的身体就会轻微地颤抖起来。 他赶忙把自己脑子里刚才出现的对姑娘们的想象驱逐。

队伍走得非常缓慢，就好像半天都没有动一下。 红宇有时候会有一些古怪的想法。 这学期，他学了一门常识课，里面有些内容是关于天文的。 他现在知道宇宙，知道宇宙无边无际，知道同宇宙比，地球只是个小小的星球。 他想，如果宇宙有人的话，他们看我们时，一定会发现我们没有动一下，一辈子都没有动一下。 就像外婆，她一辈子生活在这个村庄里，他们一定会把她当成一棵树或一块石头，因为她一辈子都没有动一下。 红宇想，如果他一直待在这个村庄，那他将来也会是这个结局，一辈子都没动一下，就像一棵树或一块石头。

十三

在途中的某一刻，道士们会停止吹奏。 这时，会突然变得异常安静。 小玉听到他们抬着的棺材发出吱吱嘎嘎的叫声。 这是木头相互摩擦发出的声音。 这叫声显出一种缓慢和从容，就像是这个缓慢日子的一部分。

一路上，小玉都在想昨天晚上的事。 她觉得这一切是多么不应该。 她感到自己似乎受到了伤害。 她感到这一家子人太不像话了，他们把葬礼搞得这么排场，可其实他们一点也不尊重死者。 这让小玉很不适应。 昨天，当小玉踏入冯家大门，见到厅堂里的老太太时，她吃了一惊，那个老太太酷似她的外婆。 小玉竟有点恍惚。 小玉是相信灵魂的。 她常在梦中见到外婆。

她认为梦见外婆其实是外婆来看她了。 每次梦见外婆后她都会泣不成声。 小玉的外婆是去年死的。 外婆死的时候小玉不知道。 但事后她记起来，外婆死的那段日子，她白天夜里总是想到她。 小玉是外婆养大的，外婆活着的时候，她每年都要去看望她一次。 小玉家离外婆家很远，要坐六小时的火车。　外婆死的时候，家里人却没有告诉她。　那年，小玉回老家时，听到外婆死了后，她哭得差点昏过去。　当她第一眼看到冯家老太太时，她就有了一种出席自己外婆葬礼的幻觉。　所以，她对所有不应该出现在葬礼上的事情深恶痛绝。　但他们却把这个葬礼弄得像个闹剧。　她们的老板娘可真是个天才，她竟然想着带她们来奔丧。

不过，小玉的外婆比冯家老太太要慈祥些。　冯家老太太躺在那里，好像还生着谁的气。　那个叫红宇的少年告诉她，老太太是个急脾气，她有看不惯的事就要骂，冯家大哥——看上去是个可怜的人——都五十多岁了还被老太太打。　倒是兆军常惹老太太生气，但老太太生了气不骂兆军，她舍不得骂，只找冯家大哥出气。　世上的事情就是这么怪。　虽然冯家大哥犯病时追打姑娘们，但只要想起他为老太太守了三天三夜的孝道，小玉就觉得冯家大哥可怜。　当冯家大哥被绑在床上时，别的姑娘都笑了，只有小玉突然哭了起来。　她真的想哭个痛快。　一路上，她一直在流泪。　小玉不知道那些哭泣时带着唱词的妇女是不是真的在流泪，但她的每一滴泪水都是真实的。

终于爬上一个山坡。　一会儿就到了地。　一群人都热得汗流浃背。　妇女们都不哭了。　她们已有点哭不动了。　她们在大口大口地喘气。　男人们开始做下葬的活儿。　这会儿，他们的脸上倒是敬畏的表情。　也许因为天气太热，大家都没有说话，只是加快了活儿的速度，好像大家都想着赶快结束。 只是这个念头都不肯说出，怕神灵怪罪。 一会儿，棺材就被推进墓坑里。 随着棺材的湮灭，大家好像都松了口气，刚才还呈现在每个人脸上的死亡的阴影一下子就消散了，人家的脸上都出现轻松的笑容，这笑容让这片墓地顿时有了生机。 小玉的心里涌出某种辛酸的幸福感。 她想，人啊，他们是多么假心假意，又是多么脆弱。 他们正在封坟墓的口子。 妇女们都钻进了附近的林子里。 小玉也跟着姑娘钻进了树荫里。 也许是因为这里风景不错，也许是难得到乡下来一趟，刘燕这会儿已显得十分活泼，就好像在她眼里今天根本没有发生过什么不快，也没有什么死亡这档子事。 这一点，她和兆军真的很相像。 小玉想，刘燕现在的模样就好像今天她要出嫁一样。 小玉觉得这个比喻有点刻薄了，不应该。 她的脸就红了。 村里的孩子们开始在林子里玩起游戏。 昨天给她背包的孩子还在太阳下，不过他似乎一直看着她们。 天太热了，小玉发现同伴背部已被汗水浸湿了，那胸罩的吊带隐约可见。 兆军在墓边干活。 他一边干活一边往这边看。 他的姐姐——她们的老板娘狠狠地拍了一下他的屁股。

　　天很热。 林子里没有风。 小玉的口很渴。 她想这可能同她流了太多的泪有关。 这时，刘燕一脸兴奋地做出尖叫的样子（不过因为在葬礼上，她终于忍住了没喊出声来），原来她发现林子边一条溪沟。 她的眼里有一种天真的光芒。天实在太热了，见到如此清凉的溪水她大概恨不得跳下去。

姑娘们敛声屏气朝溪沟移去。 但溪沟边满是荆棘，她们无法下去。

刘燕朝红宇招手，但那孩子假装没看见。 也许是刘燕嘲笑他的次数太多了。 一会儿，刘燕远远地带着亲昵的口气对他说："嗨，帮帮忙，到溪沟里给我们温一下毛巾。"

她的声音有点刺耳。 村里人把月光都投向她和红宇。那孩子站在那里一动也没有动。

小玉想去喝水。 她小心地撩开那些藤蔓。 但藤蔓上的刺刺中了她。 很疼，但这疼让她产生快感。 她没嚷。 她把滴血的手指放进嘴里吮吸了一下。 小玉看到那孩子一直看着她。 一会儿，他钻进林子，向她们走来。

他在离她们还有二十米的地方站住。 他没头没脑地说："上面有一个潭子。"

姑娘们都看着红宇。 刘燕说："我还以为你不理我们了呢。"说着又放肆地大笑起来。 其他的姑娘也都跟着轻浮地笑。"那你就带路吧，小孩。"

那孩子在前面走。 山路有点崎岖。 他大概惯于爬山，他的动作轻巧敏捷。 小玉觉得他的轻松里有一种故作的成分。"你慢一点呀。"她们在背后叫。 他回头看了她们一眼。 刘燕赶了上来。 她像是有什么事。

"喂，你大舅是什么病呀？ 这么可怕。"刘燕问。

那孩子白了她一眼，没回答她。

"你大舅没结婚吧？ 他结了婚这病就会好的。"她还在滔滔不绝。

那孩子又白了她一眼。

"你白我干什么？ 你难道不会好好看人？"

那孩了没理她。 他低着头，走得更快了。 一会儿，他把她们落下了很长一段路。 阳光从树林子外钻进来，在她们的头上打转，显得无比耀眼。 也许因为远离了墓地，村子里的人听不到也看不见，刘燕她们变得放肆起来，她们的笑声有那么一种什么都不放在眼里的劲儿。"喂，你拉我一把。"又是刘燕轻佻的声音。 那孩子回转头。 她们正在一块石头边喘气。 小玉觉得要爬上这块岩石是件困难的事。 他一脸的不情愿，站在那里。 刘燕首先向他伸出了手。 他似乎犹豫了一下，握住了她。

当那孩子拉小玉时，刘燕又嚷起来："哎，小玉，他好像对你特别照顾啊。 拉我时使蛮力气，瞧瞧，拉你时，小心得不得了。"

"小玉，你们很有缘啊，他好像对你一见钟情。 你把他娶过来算了，做你的小老公。"她们显得很兴奋。

听了这话，小玉的脸就红了。 她说，你们不要欺侮他了，他才多大。 但她们越来越疯了。 也许在葬礼上她们太压抑了，现在需要放松一下。 那孩子把她们一个个拉了上来。 她们上来后用手摸了摸他的头。 他的头固执地扭开了。 有一个姑娘还亲了他一下。 姑娘笑着对小玉说："我亲你的小老公你没意见吧？"说完姑娘们又笑起来。 小玉看到那孩子一脸羞涩，但眼睛放光。

爬过一个山坡，一个像天空那样澈深的潭子出现在这个山岙里。潭子的上面还挂着一条细细的瀑布。刘燕啊地叫出声来，然后向潭里奔去。姑娘们也裙裾飘飘地奔向潭子。小玉暂时忘记了悲伤。也许见到这么清的水，人人都会把烦恼忘掉，变成一个孩子的。她们好像忘了那孩子，只顾自己在水中玩。那孩子站在远处的一棵树下，他好像不知该走呢还是等着她们一道走。

她们还在延续刚才的疯劲。她们相互泼水。她们泼出的水花在阳光下呈现彩虹一样的光彩。几个姑娘裙子一会儿就湿了，刘燕竟然要脱裙子。这时，她才想起树下的红宇。她喊道："喂，我们要游泳了，你转过身去，不要偷看啊。"但她其实根本不在乎他，话音还没落，就脱了个精光。除小玉外，别的姑娘也都脱了衣裙。小玉想她们这群人有职业病了，就是喜欢脱衣服。那孩子似乎待了一会儿，然后就迅速地转过身去。

"你瞧，他真的转过身去了。"笑声。

"他很乖噢。"笑声。

"小玉，他好像真的爱上你。别看他凶巴巴的，他是个多情的人。"笑声越来越疯。

小玉觉得她们有点过分。她们显得这么轻佻，还说这么轻佻的话。她们这是在欺侮他。那孩子似乎知道她们在欺侮他，他的脸越来越黑了。终于，他捡起了一块碗大的石块，然后向潭子砸去。 石块在水中炸响的时候，孩子说："我谁也不爱。"

他转身向山坡下走去。

石块在远离姑娘们的水面上炸开。 小玉知道这孩子不会真的砸她们的。 刘燕她们看着那孩子远去的背影，越发疯狂地笑起来。

十四

兆军猜到那群小婊子会去潭里洗澡。 在这方面，他有灵感。 本来他跟着送葬的人走在回家的路上，但当这个灵感降临时，他还是偷偷地从队伍里溜了出来。 他爬山的时候想，她们一定都脱光了衣服。 这个想法让他热血沸腾。 来到潭边一看，果然如此，这些婊子，她们就是会寻找快乐。 为了不惊动姑娘们，他就躲藏在潭子边的一块石头后面。 石头边有一些柴火，刚好可以遮挡他。 嘿嘿，这群小婊子，她们做梦也不会想到我正在看她们洗澡。 他很得意。

她们是多么美啊。 在阳光下，她们的皮肤白得耀眼，就好像在潭子里浮着了几堆雪。 水面上有一阵薄雾，薄雾在她们身边绕来绕去。 兆军想象自己的手变成了那些雾，在她们的身上抚摩。 她们的胸脯就像一些可爱的小生命，在四处奔突。 她们的屁股，就像洁白的瓷碗，里面盛满了圣水。 他感到自己正在蒸发，变成了水。 他愿意是雨水，从天而降，落在她们身上。 女人啊，她们也许天生就应该这样裸露的，她们的肌肤比她们的衣服更美。 他想象，假如她们这样赤身裸体在村子里走来走去会是什么景象。 村子一定会变成天堂。

兆军见过女人独自洗澡，但他没见过这么多女人在一块儿洗澡。 一、二、三、四，不用数，他都知道是六个。 六个美女。 大姐店里的姑娘都很美。 那会儿，他还在店里帮忙，店里的客人都说，这城里，就数这里的姑娘美。 他回乡后，同村里的人吹嘘过，村里人还不相信。 他娘的，这群乡巴佬，他们只知道一句老话，熄了灯都一样的。 这次他们总算见识到了姑娘们的样子，他们的眼睛都不会转弯了。 那些乡下人就缠着他，要他成全他们。 他就是喜欢村里的人为这种事求他。 这些婊子，开始还不愿意，她们以为参加一次葬礼她们就变成了圣女。 我是死缠着她们，她们才勉强同意的。 当然钱是让她们心动的根本原因。 他知道她们，她们抵挡不了钱的诱惑。 现在这些乡巴佬终于知道熄了灯是不一样了。 他娘的，昨天晚上，我被他们烦得累死。 他刚才端着母亲的遗像，手和脚直打战。 他娘的，昨天晚上搞得我软软的，好像没了一根骨头。 他愉快地骂道。

兆军最喜欢的还是刘燕。 是刘燕让他初尝生命之欢。兆军觉得她对他真是好，每次，她都把他抱得紧紧的，好像生怕他变成一缕烟飘走似的。 说实在的，兆军那会儿还真想化成一缕烟，直奔天堂。 有一次兆军问她，她搂别的男人是不是也这样紧。 他给她看他背上被她搂过的发红的皮肤。
她白他一眼，没理他。 兆军自从知道男女之间的这档子乐事
后，找过很多姑娘，可她们都比不过刘燕。 昨天晚上，兆军
对刘燕说，他想结婚了，他要娶她。 她听了咯咯咯笑个不
停。 她说，在你母亲的葬礼上谈你的婚事可不吉利。 他
说，婚事可以把晦气冲掉。 她调侃道，你让我嫁到这个村子
里？ 这可会把我闷死。 他说，我可以跟你去城里。 她说，
你养得活我？ 他说，我做牛做马都可以。 她说，你呀，我
早就把你看穿了，你是个二流子，你这辈子成不了大事。 他
发现了她一副瞧不起自己的劲儿。 他看着她的嘴脸，就来气
了。 他给了她一个耳光，说，你这个婊子，给脸不要脸。
刘燕的反应完全在他的预料之中，刘燕就是野啊，她也打了
他一个耳光，然后在他的屁股上狠狠地咬了一口。 这一口咬
得兆军十分幸福。 于是兆军就幸福得哭了。 他像一个孩子
一样抱着她。

　　兆军看了看他的后面。 在他的身后是一片墓地。 他发
现大姐还坐在母亲的坟边。 兆军一点也不喜欢墓地，墓地显
得冷漠、无情、坚固、不容置疑，到了墓地，就是在这样的
大热天，他都会感到寒冷。 但现在，在这群姑娘的光芒下，
那坟地好像突然间变得无足轻重，就好像坟地正在这光芒下
退缩、逃逸。 这会儿，这群姑娘越来越野了。 她们打闹在
一起。 如果没人告诉你，谁会知道她们是一群婊子呢。 她
们看上去像天使啊。

十五

兆曼让他们先回去，她要在母亲的坟头独自待一会儿。她感到累了。 以往，回到村子里，不管有多累，她一般都会精神抖擞。 她知道自己的身上充满了战斗精神。 这份战斗精神是给母亲看的。 她和母亲之间存在一场持久战。 但现在，母亲死了，她突然感到所有一切都失去了意义。 她变得分外虚弱。

她知道母亲一辈子没有原谅她，可以说恨她，到死都恨她。 她没想到母亲死前竟然告诉兆根不让她来送葬。 她为什么这么狠心啊。 母亲应该知道她每次回村都是为了看她呀。 当然，她认为她确实做得不够好，她虽然是来看母亲的，可一回村，她就来了劲，好像她回村的目的是要和母亲吵架。

兆曼知道，母亲对她的恨同父亲的死亡有关。 母亲认为是兆曼把父亲杀死了。 那是二十多年前的事了，一直敢作敢为的兆曼在没有得到母亲的允许就跟一个跑单帮的男人私奔了。 那时，母亲刚生下兆军，身子骨还没有恢复，否则，照她的个性就是走遍天涯海角也会把女儿找回来的。 母亲自己走不动，就打发父亲去找。 可令母亲意想不到的是，父亲这一去再也没有回来，他在一条公路上被一辆大卡车撞死了。 母亲因此恨透了兆曼。 她发誓一辈子不见这个女儿。 兆曼是一年后才知道父亲死亡的消息的。 她哭着回家，但母亲不让她进家门。 她跪在家门口，请求母亲原谅。 她跪了一天一夜，母亲都没理她。 后来，村子里的人就把她拉走了。

想起这些往事，兆曼感到很郁闷，她很想找一个人好好倾诉一番。 可同谁说呢？ 她一向有什么事都独自承担的。她想不起可以同谁说。 她想，如果她向人们诉说她的心事，人们一定会用奇怪的眼神看她的。 他们一向认为兆曼是个无心无肝的天不怕地不怕的人。

这时，兆曼发现红宇正从山上下来。 红宇红着脸叫了她一声。 这是个秀气的孩子。

"她们呢？"

"在潭里洗澡。"

这群小婊子，倒是会寻快活。

一时无话。 兆曼还沉浸在往事之中。 她向远处看，送葬的人马这会儿正蜿蜒在山脚下。 从高处望去，这队人就像蚂蚁一样，老半天才移出小小的一截。 远去的村庄在阳光下闪烁，就好像那里有一个海市蜃楼。 田野上一片碧绿，有一些飞鸟在上面飞来飞去，它们用一成不变的姿势飞翔，就好像它们这样已飞了一万年。

"大姨，你为什么把她们带来？"

兆曼用陌生的眼光看了一眼红宇，然后低下了头。 她茫然地说："我也不知道。"她显得很虚弱，往日的泼劲儿一点也没有了，她的脸上有一些感伤的东西在生长。

一会儿，兆曼长长地叹了一口气，说："我想她认我这个女儿的，可你外婆是多么固执。 她不是个讲道理的人。"

她看了看红宇。 红宇在往山上张望。

"你小舅来我店里干活后，你外婆更恨我了。 你知道你小舅是她的命根子。 她认为是我把你小舅带坏了，你小舅说，她死之前还在骂我丧门星。"

兆曼一脸愤恨。 她的泪水突然涌了出来。

"我本来是想照顾他，才把他接到城里。 他这个白痴在店里能干什么啊，只会胡来。 但她却认为我不安好心。"她的脸上已布满了泪痕，"她死前都不肯见我一面。"

"她连我的孩子都不肯见。 那是她的外孙啊！说出来都让人笑话，孩子这么大了连外婆都没见过。 你说，她怎么那么狠心？"

兆曼的眼睛像她脸上的泪痕那样闪闪发亮。 在阳光下那亮光有一种彻骨的寒意。

"孩子们长这么大都没见过自己的外婆。"她冷笑了一声，"他们当然对她没有感情。 我这次叫他们一起来奔丧的，但他们都不愿意。"她悲哀地看了一下母亲的墓碑。

墓地边上有一棵长长的蒿草，它突然摇动了几下。 兆曼还以为起了风。 但空气中没有一丝动静。 她的心怦怦地狂跳起来。

"你为什么到死都不原谅我？"她对着母亲的坟墓说，就好像母亲这会儿正站在她面前。"我做错了什么呀？"她忍不住哭出声来。 哭声显得幽暗而压抑，像是从江河深处浮上来似的。 哭了一会儿，兆曼突然止住了哭，恶狠狠地说："我恨她。"兆曼的脸上呈现可怕的表情。

兆曼哭了一会儿，脸上的泪痕慢慢就干了。 她的脸也有点平静了。 兆曼总是这样，情绪来得快去得也快。 她有一股风风火火的劲头。 很多人说她个性爽直。

"刚才没把你吓坏吧？"兆曼对红宇说，"都过去了，说这个还有什么用，你说是不是？"

红宇不置可否地笑了笑。

"什么时候到大姨家里来？"

"好的。"

"你还没去过城里吧？"

红宇点点头。

"嗨，怎么说呢，城里有好的地方也有坏的地方，但我还是喜欢城里。 城里热闹，不像这个地方，一点声音都没有，没了声音，耳朵反而吵得厉害，整天响。 我如果老是待在这个地方，一定会闷死。 我会发疯的。"

兆曼恢复了往日快人快语的习惯。 她独自说了一阵子，突然想起了什么。 她向山上望了望，说："她们怎么还不下来？"

红宇摇了摇头。

"这群小婊子，我不等她们了，那边等着我呢，你把她们带来吧。"兆曼站了起来，用力地拍了拍手上和屁股上的灰尘，准备回去。 她走了几步，转回头，笑嘻嘻地说："你可不要去偷看她们洗澡，你要变坏的。"

兆曼看到红宇的脸一下子涨得通红。

十六

大姨在外婆的墓前说这样的话让红宇吃惊。 他不知道外婆是不是听见了。 如果外婆听见了，她一定会非常生气。红宇熟悉外婆生气的模样，她威严的眼神里会涌出一丝怀疑的不屑的寒光。

一会儿，大姨的背影变得越来越小。 红宇在外婆的坟头上坐了下来，墓地非常安静。 外婆卧床不起的那些日子经常对红宇说，外婆去了后你要经常到外婆的坟头来坐一坐，否则外婆会冷清的。 他想趁这当儿，多坐一会儿，算是陪外婆。 他不知道外婆是不是知道他这会儿陪着她。 他的耳朵一直竖着，在四周搜寻。 他希望外婆给他一个答案。 外婆如果有灵魂就会在周围发出一些声音的。 但他连一丁点声音也没有捕捉到。 往日林子里此起彼伏的鸟叫声这会儿也都不见了踪影。 他的耳朵沿着山坡而上，穿越树林。 他听到了水声。 他这才知道他其实还在关心着那群洗澡的姑娘。 即使他刚才在听大姨诉说，他的心也会不时地窜到那里。

当那群姑娘脱掉衣服，跳进潭里时，红宇都呆掉了，他的眼前一片白光。 她们在阳光下显得热气腾腾。 红宇的双

眼好像被什么东西刺痛了，他眼前一片模糊。 红宇不敢再
看，他忙转过身去。 他觉得山坡似乎在震动。 他有点心
慌。 他怀疑是神灵的缘故。 他想，他的外婆这会儿也许在
去天堂的路上，她老人家也许在天上看到了这一幕。 他不知
道外婆会不会生气。 他把注意力集中到脚上，看看山坡是不
是还在震动。 是他的身体在动，心在身体里跳得震天动地。

她们，特别是那个大嘴巴女人总是嘲笑他。 不知怎么
的，他既有点愿意被她们笑，但又有点不愿意，因为她们这
个样子让他感到自己的尊严受到了挑战。 他于是表现出一种
气来。 他向她们砸石块。 当石块砸向她们的时候，他没去
看她们。 但她们呈现在阳光下的冰块一样刺眼的白色还是落
在他的余光里。

他确实很想上那儿去看看。 那幽幽的水声一直在他的耳
边，但听起来是如此悠远，好像来自某个神秘的深处，又透
着纯真的气息，就好像那里就是天堂本身。 但红宇没有去，
他怕外婆会因此生气。 他怕他去了后会惊动外婆的灵魂。
可外婆现在在哪里呢？ 她在天堂的路上还是已到了天堂？
他抬头望天，天非常蓝，一丝云影也没有。 他不知道为什么
天会这么一尘不染的蓝，地上飘到天上去的烟、尘埃到哪里
去了呢？ 难道任何东西到了天上都会变得干净明亮、光芒万
丈？ 那蓝色的光晕虽然不是很强烈，但如果长久地注视，你
的心里就会发慌，会觉得自己好像已没有一点重量，会像一
根羽毛那样被吸到天上去。 红宇把目光收回。 他的心在怦

怦地跳。 因为慌张，他已打定主意不去窥探姑娘们了。 他觉得自己这是在为外婆做出牺牲，他不想外婆在天之灵不高兴。 想起自己在为外婆做牺牲，他都有点自我感动了。 他的心头暖洋洋的。

他坐在外婆的墓前，打算等待那群姑娘下来。 他担心如果没他带路，她们会迷路的。 这会儿，他觉得他的愤怒显得有点可笑。 他觉得即使她们疯笑都像是歌唱。

当林子里出现叽叽喳喳声，红宇知道姑娘们洗完了澡。 一会儿在墓左边三百米处的那条小路上出现了一群姑娘。 他都不知道怎样去描述她们，想了好半天才想出一个词，老师刚教过他们，叫袅娜，但他已忘了这两个字怎么写了。 她们的头发湿着，打着绺，蓬在脑袋上。 头发颜色各异，在阳光下看去像一群洋娃娃的头发。 姑娘们身上的裙子有点凌乱，有的甚至连扣子都没扣住。 红宇发现姑娘们的大腿和手臂上还挂着水珠。 水珠使姑娘们显得更加俏皮。 红宇愿意自己是其中一水珠。

她们一路笑着，好像在议论一件令人兴奋的事情。 这时，她们发现了他。 那大嘴巴笑着对他喊："喂，小孩，你在等我们吗？"

红宇已把视线转到了别的地方，就好像他没看到她们一样。 红宇的眼睛一动不动地直视着前方，让人感到遥远的地平线尽头止有一些奇迹发生。

姑娘们嘻嘻笑了一通，又说："喂，去潭里看看吧，潭里有一条大鱼呢。"

又一个人夸张地说："是你小舅变的啊。"

她们的笑声在这个阳光灿烂的日子里显得清清凉凉，好像笑声里隐藏着一种薄荷或柠檬的气味。那笑声里还透着光芒，就好像她们此刻已成为一些亮晶晶的晶体。或许这是墓地，天地太辽阔，她们的笑声听起来在欢快中竟有一丝寂寥。或者说她们的笑声始终笼罩在一种广大的寂寥中。

红宇假装不理她们，但他还是绕道去了水潭那里。他老远就听到咚咚咚的声音。一会儿，小舅的声音传了过来：

"谁？谁在那里？"

"是我。"红宇闷声闷气地说。他猜想小舅刚才干了什么。

他这会儿感到小舅十分令人讨厌，就好像小舅是一堆垃圾，把潭里的清水都污染了。

"红宇啊，你来得正好。那群小婊子，把我的衣裤都拿走了。你帮帮忙，回家帮我拿一下衣裤。"

红宇觉得小舅真的是个流氓。他有点看不起小舅，但不知怎么的，他也有点嫉妒小舅。他羡慕小舅快活的个性。红宇当然不会帮小舅的忙。"我才不会给他衣裤呢。"红宇瓮声瓮气地对自己说，"让他在潭子里快活吧。"

红宇回家的路上，不住地抬头望天。天空一如既往地蓝，像一张巨大的网一样罩住了人世的所有。红宇不知道外婆会不会生小舅的气。

十七

兆根被捆绑在床上。 他知道他们陆陆续续回来了。 他们到家后第一件事就是来看他。 兆娟过来问候他，但他没理她。 还有其他亲朋好友也来看他。 他很生气，他向他们吐唾沫。 最后，兆曼来了。 她没问候他，她在他床边劈头盖脸地骂了他一通。 兆曼骂他，他没意见。 在这个家，也只有母亲和兆曼敢骂他。 她骂他发神经，丢人现眼，让全村人笑话。 兆根觉得她骂得有道理。 于是他就呜呜地哭起来。她见他哭，生气地说，哭，哭顶个屁用。 她说得对，哭顶个屁用。 他就不哭了。 那些姑娘没有回来。 兆根关心她们。只要兆根愿意，他就能看见她们。 空气中她们的气味还在，顺着这些气味，他看见了弯弯曲曲的村道，看见了山路，看见了母亲的坟墓，看见了小溪，看见了水潭。 啊，他还看见了天使，她们展开了洁白的翅膀，她们赤身裸体，她们在水潭的上空飞来飞去，就像一群天鹅。 水潭之上瑞云缥缈，那些云就好像天使们的丝带。 他还看到兆军变成一只蛤蟆，在水潭边跳来跳去。 兆根的脸上露出幸福的微笑。

不知过了多久，他看到那些祥云向村子里飘来，天使们也跟着过来了。 她们在这屋子上空飘来飘去，她们发出银铃般的声音，就是说话也像是歌唱。 那只兆军变的蛤蟆在路上跳着。

他看到兆曼迎了出去。 兆曼对着天空，骂出恶毒的话语。 那些天使都不吭声了。 兆曼打开了停在院子里的那辆中巴。 他看到天使们飞进了那辆汽车，就像一群鸟儿飞进了笼子里。 他听到马达声，他看到汽车飞了起来，飞到了村子的上空。 他多么希望天使们一直在这里飞啊，他多么不愿意她们走啊。 他很着急。 他就醒了过来。

他醒来时，一片茫然。 他已记不清自己做过什么，为什么会被绑在床上。 他觉得一切像是昙花一梦。 见他醒来，他们都聚了过来。 兆根知道他们过会儿会告诉他他的种种丑行。 一直是这样，每次他醒来，他们便会不休，带着夸张的表情向他讲述他的丑行。 他们讲着讲着就像是在讲一个笑话，越来越不严肃，有人甚至会笑得直不起腰来。 他不明白，为什么他们总把他当成取笑对象。 他敢发誓，那个发疯发狂的人不是他。

兆根总是能迅速恢复正常。 他又成了个温和的微笑着的男人。 不出所料，兆曼开始嘲笑起他来。 兆曼这会儿看上去非常兴奋，好像她刚刚干完一件了不起的大事似的。 她看来对自己终于圆满（也许并不能用圆满这个词）指挥完母亲的葬礼感到满意。 她笑着对他说，怎么样，我带来的姑娘漂亮吧。 他知道她说这话的意思。

晚上的时候，他们兄弟姐妹四人坐在灯下拉家常。 如果母亲活着，这是不可能的。 也许母亲心里也想这个样子，她喜欢子女都围着她打转儿，但子女们有着自己的想法。 兆根感到一种久违的温暖感。 他也很喜欢兄弟姐妹坐在一起，这样没有芥蒂，亲密无间。 但想到这样温暖的相聚是因为母亲的死才得以实现，他就感到辛酸。

兆曼的话最多。 每次都是她话最多。 她说话的口气就好像她是真正的家长。 她嘲笑每一个人。 这一点她很像母亲。 她当然更多地在取笑他。 她还在唠叨白天的事。 她嘲笑够了后，突然半开玩笑地说：

"哥，你是不是应该结婚了？"

又说："你愿意的话，我给你说媒。"

他吃惊地看着兆曼。 他搞不清兆曼是不是当真的。 说起女人，他真是又爱又怕。 他都五十多了，他至今没真正抱过女人。 他最多是摸过女人的手。 女人的手滑滑的，像一条鱼。 这是他对女人的最大感触。 夜深人静的时候，他当然也会想想女人，但他实在想象不出女人的身体，女人的身体要么变成一团纷乱的色彩，要么变成一条条在水里游来游去的鱼。 白天的时候，他见到女人甚至有点害怕。

兆曼说："妈也走了，你也该找一个女人了。 你难道想一辈子做王老五？"

兆曼的意思是他不结婚都是母亲害的。 其实事情要复杂得多。 也有他的原因。 他的眼光这会儿显得畏畏缩缩的。

"你是不是怕女人呀？"兆曼从来是快人快语，想到什么说什么，"女人有什么好怕的。 这样吧，哪天你到我店里来。 你也该享受享受生活了。 到时你就会明白女人不是老虎,一点也不可怕。"说完,兆曼大笑起来。

又说:"如果你看中哪个小姐,你就把她娶回来。"

兆曼说话的时候,兆娟的脸上没有表情。 她可能不能适应兆曼这么粗俗的话。 兆军坐在那里,眼睛发亮。 但他可能太累了,他显得有点憔悴,否则的话,他一定会在一边起哄的。

他一直在观察他的弟妹们。 他想,他们不知道他的目光是多么锐利。 也许这就是他发疯的原因。 只要他愿意,他就能看到别人的思想。 绝不是吹牛,比如这会儿,他看到兆娟虽然坐在厅堂里,但她的心不在这儿。 兆娟的心在某种迷乱之中。 兆娟这十几年是多么不容易。 没有人帮她,她的男人是个不负责任的家伙。 他知道兆娟一直很空虚。 她的心里其实一直有一些狂野的梦想,有一些新鲜血液在她的血管里涌动。 有时候他想,兆娟的生活还没有他快活。 想起兆娟隐忍的痛苦,兆根就不再忍心"看"她的思想了。 她愿意干什么就去吧。

兆曼在喋喋不休,但兆娟却坐立不安。

十八

葬礼结束的那天下午,大姨打发那些姑娘先回城里去了。 大姨留了下来,她打算再住几天。 姑娘们离去后,红宇感到空气里有了一种空荡荡的伤感的气息,就好像一场欢宴刚刚散去空气里还有一些香味。 但不久这香味也慢慢地消散了。 红宇感到从未有过的惆怅。

葬礼结束的那天晚上，妈妈很晚才回家。 红宇发现她回家时很憔悴，浑身乏力的样子。 他偷偷从床上爬起来。 他看到妈妈坐在镜子前，她的脸上挂着泪痕。 他不知道妈妈是怎么了。

爸爸在外婆下葬后的第三天回到了村里。 爸爸难得回村里见到他，红宇感到很陌生。 爸爸对红宇很客气，他脸上的表情十分温和，他总是对红宇笑，有时摸一下红宇的头。 红宇喜欢他摸自己的头。 但爸爸待了两天就走了，因为他没事可做。 也许他根本用不着回来。

有一阵子，他老是想起小玉，想起那些姑娘。 他发现，他现在一点也不讨厌那个老是开他玩笑的大嘴巴姑娘，回忆起来反而有点温暖的感觉。 有时候，在睡觉之前，他的脑海里会浮现那些在水潭里洗澡的姑娘，直到睡眠不可抑制地降临，赤身裸体的姑娘像花朵那样在黑暗的风中消散。

红宇变得比以前沉默寡言了。 他常常独自一人跑到外婆的坟头去。 他会在坟头坐一会儿，想一些令人费解的事。他发现这个山谷，远去的村子，这些坟墓，还有头上广大的天空，总是非常安静，但也非常枯燥。 他不知道外婆去的天堂是不是同样有着这样单调的阳光，是不是也是这么安静、枯燥。 他希望外婆去的地方是热闹的，是充满乐趣的。 这样想一会儿，他就会去山岙的水潭里洗个澡。 他闭上眼睛，

屏住呼吸，让身体平躺在水面上。 他感到阳光照耀的水面非
常暖和，暖和得让他想流泪。

红宇比以前更用功地读书，这让妈妈非常满意。 一天，
妈妈当着红宇的面对大舅说："我们家红宇懂事了，他现在可
用功了，他说他要好好读书，将来到城里去。"听了这话，
红宇的脸一下子涨得通红。 他羞涩地低着头，就像一个姑
娘。 外婆过世后，大舅似乎胖了不少，他的身上有了些祥和
的气色。 大舅还是那副笑眯眯的样子，他抚摩着红宇的头，
连声说："好，好。"

投案自首者

我当上警察没多久就明白，那些犯了刑事案的人一般是不肯自投罗网、投案自首的。 这些人犯事后第一个念头就是逃亡，他们宁可一辈子在惶惶不安中度日也不肯束手就擒。因此若偶尔碰到一个投案者，我和我的同事们会对他的行为动机持怀疑态度。 事实上，确有那么几次，我所接待的投案者根本没犯什么事，这些人之所以投案是因为他们的精神有问题。 他们大都是一些妄想狂，在他们的妄想中他们是一些杀人魔王。 因此从来没有一个警察指望罪犯自己撞上门来。那天下午，我和老王见到一个叫顾信仰的人投案就没有严肃地对待他。 我们把顾信仰当成另一个精神病患者。

那天，顾信仰走进派出所里大约是午后一点钟，阳光很好，街道上的一切在阳光下显得十分耀眼。 我和老王坐在派出所里无所事事。 老王比我资格老，因此他的坐姿就随意些，他把他的脚搁到了办公桌上，而我就不能这样老三老四摆出这种姿态。 当然我也比较放松，我想这样的光天化日之下大约是不会出什么事情的。 但就在这个时候，顾信仰进来了。 顾信仰很瘦，背还有点驼，身上的衣服是那种多年以前流行一时的工装。 他的样子让人想起"清贫"这个词。 他的头发灰白，但也还整齐，因此他虽然"清贫"但看上去还算精神。 他显得很激动，脸上没有一点犯罪后不安的感觉，相反他看上去甚至还有一种正义感。 根据我们的经验，这样的人不会成为什么罪犯。 但，这个人见到我们就说，他刚才杀了两个人，一个男人一个女人。

顾信仰很激动，但他努力在控制自己，他尽量用轻描淡写的口气说，男人大约五十岁，住在宿盛街 2 号，女人二十多岁（也许只有十八九岁），谁知道，她住在火车南站附近一出租房里。 两个人都被他杀了。 他知道杀人偿命，就来自首了。

老王用他尖利的眼睛看了看顾信仰，然后在我耳边说，一个疯子，他说的话你不用记下来。

于是，老王用对待小孩的表情对顾信仰说，你说你杀了人，那你为什么杀他们呢？

顾信仰说，我实在是忍无可忍。

老王打了一个响指，故意装得一本正经地说，我猜他们得罪你了？

不料，这个叫顾信仰的投案者发火了。 他说，不要用这样的口气同我说话，我他娘的又不是小孩。 我告诉你，我杀了人，我来投案自首。 你们这样不严肃是错误的。

老王被这个人说得一愣一愣的。 他没想到投案自首的人竟有胆量这样对待他，出于本能他就把脚从桌子上放下来，坐正姿势。 老王说，好，我严肃了，你说。

顾信仰说，你根本没相信我，你还是派个人去宿盛街2号和南站宿舍看看，然后再来问我。

老王看来被这个人说得心里发毛了，他没想到这个人看穿了他的心思，他开始意识到问题的严重性。 他艰难地咽了一口口水，对我说，这样，你叫个人，一起去他说的地方看看，看他是不是像他说的那样是个杀人犯。

我见到顾信仰在听了老王的话后，把头抬得老高，脸上还挂着骄傲的不以为然的笑容。 我开始感到不妙。 我觉得这个疯子也许真的连杀了两个人。 我叫了所里的一个联防队员，开辆侧三轮朝顾信仰所说的地方赶去。

宿盛街是一条老街，但并不破旧。 据说，这条街在清代是一条青楼街。 想必当年这里一定粉黛云集。 因此，这里可以说是我们这个城市保存最完好的清代建筑。 这一点我这个不懂建筑的人也看出来了，这里的墙是由那种规格很大的青砖叠成，这些砖虽有些年头，但看上去还有点新，没任何风化的迹象。 我知道这些台门里面是住着一些人物的。 他们在我们这个城市或多或少有那么一点地位。 我们当警察的一般来说对这样的社区是了如指掌的。

　　一路上，联防队员不停地问我出了什么事。 在我们所里，联防队员的地位是很低的，他们来自各个单位，这些人因为在单位里表现不好就被派来当联防队员，协助警察维持治安。 我们正规警察在这些人面前天生有种优越感，因此联防队员向我问话我也懒得理他。 快到宿盛街 2 号时，我才对联防队员说了今天来这里的目的。 哪知联防队员听了后突然爆笑起来。 由于他笑得太突然，路边的人都看向他，我看到他笑得眼泪都流下来了，就狠狠地瞪了他一眼。 他这才止住笑。 他自嘲道："我们疯了，会相信一个神经病的话。"

　　我们来到宿盛街 2 号，门关着。 有人见到我这个穿警服的人来，以为出了什么事，就围过来看热闹。 我问他们，这里住着什么人？ 有人说，这里好像没住人，以前住着一个当官的，前几年已搬出去住了，这以后再没人住进来过。 但另一个人却说，有一个男人有时候到这里来住的，他还带着女人来。 联防队员自作聪明地说："有人带女人到这里来住吗？那一定是不正当关系。"

　　我决定到屋子里面看看。 我先敲了几下门，没人应。我就打算把门撞开。 我没要联防队员动手，但他却自告奋勇干起来。 他说，撞门我最拿手，过去在单位上班时，我从来不拿钥匙，都是用脚把门踢开的。 联防队员就用他的脚踢清代的门。 清代的门和锁显然比联防队员预料的要结实，他踢了几下没踢开，觉得很没面子，于是他做了一个很长的助跑，然后一下撞到门上，这下门轰的一声洞开了。 只见联防队员跟着洞开的门倒在地上。 我刚要进去时，听到屋里面发出一个惊恐的尖叫，紧接着一个血人从门里爬了出来。 血人当然是联防队员，他结结巴巴地说，死、死、死人了。 这时我已经看到门里面的尸体，尸体的头朝门的方向血流了一地，刚才联防队员倒下后正好落在这摊血上。

刚才见到血人逃窜的人现在又围了上来。 我叫惊魂未定的联防队员把守现场，切勿让人靠近。 我站在里面看了看，然后退了出来。 刚才正往里瞧并把他们的头伸得到了极限的人这会儿都看着我，希望从我嘴里知道一些情况。 这时，有人对我说，那个人他认识，姓程，是个国家干部，好像是位处长。 我对联防队员交代了几句，然后就打了一个电话给老王。

我说，老王，真的死了人。

我听到对方"砰"的一声，像是电话筒掉在了地上。 一会儿后，老王才慌慌张张地说，你们等着，我马上汇报去，一会儿便会来人。

我回到现场，发现联防队员原本那张吓得苍白的脸已恢复了常态，他正煞有介事地维持着秩序，他的样子看上去像一位正在指挥着一场战役的将军。

顾信仰所说的他在两个地点杀了一男一女不幸被证实了。

当我们赶到南站的出租房时，一个很年轻的女尸果然倒在一片血泊之中。 死者看上去衣着很时髦，但不是浓妆艳抹的那种，这从死者的一头直发和并不显眼的口红可以看出来。 我仔细观察了一下死者住的宿舍，很简陋。 宿舍里有两张单人床，床边上贴满了各路明星的照片。 我想除了死者应该还有一个女子住在这里。 我翻了一下放在写字台上的一本相册，我看到其中有很多张死者和另一个女子的合影，我猜想这个女子肯定是同死者合住在这里的。

后来我们找到住在附近的一个带外地口音的中年妇女。我给她看照片，问她认不认识这两个人。 那中年妇女说，认识的。 据她所说，死者是长住在这里的，但另一个女孩不怎么来住。 我们问她，这两个女孩都同什么人来往？ 中年妇女说，这个她不清楚，她印象中好像没有什么朋友来看这两个女孩。 她们睡得很晚。 她说，她们夜晚回宿舍时她早已睡了。 中年妇女犹豫了一会儿，指了指照片上的另一个女孩说，听说她被人包了，当了二奶。 我现在很少见到她。 中年妇女似乎意识到发生了什么事，因此，她好奇地问，她们出什么事情了？ 我们说，没事没事。 这样的连环杀人案我们当然不能随随便便传到社会上。

我们也就随便问了问这个中年妇女。 我们觉得现在最重要的是去审问那个投案自首者顾信仰，先听听这个人怎么说，再决定是否需要进一步调查。 我把这个想法同领导说了说。 领导点点头，决定让我和老王负责审问顾信仰。

我们回到所里时，脸上的表情已十分专业了。 我们当警察的最擅长的一个地方就是能把脸上的表情弄得十分威严。

特别是对待那些杀人嫌疑人，这招还真管用。 这些嫌疑人，你如果同他们和颜悦色，他们会以为自己是英雄。 你只有装得像握着强大的国家机器似的，他们才会老实点。 现在，我和老王在审讯室里，顾信仰就坐在我们面前，但他一点也不老实，他看我们的眼神中似乎带着一种藐视。 我们要他老实点，把杀人的过程交代一遍。 这个顾信仰看来早就想坦白了，还没等我们把"坦白从宽，抗拒从严"的政策讲清楚，他就滔滔不绝地说起来。 我们发现顾信仰的语速很快，让我们无从插话。 我们还发现这个人说话十分流畅，简直有点语言天赋。

投案者顾信仰的自白

抵御声音的方法是把门关好，如果还不行就把耳朵捂住，这样声音就不会进入耳朵，这是常识。 但这常识在我这里并不适用，我这样做的结果是声音变成了无处不在的东西，嗡嗡嗡地在我的脑袋边缠绕，甚至比真实的声音还要来得烦人。 这烦人声音的源头是在房间外面，在客厅或是我儿子的房间。 声音是我儿子顾主义和儿子他妈发出来的。 是笑声，那种放荡的笑声。 他们总是这样笑，没完没了，好像他们意外地得了什么宝贝似的。 但如果我出现在他们面前，他们就会紧张地看着我。 我讨厌他们看我的眼神，好像我是个疯子似的。 我虽然讨厌他们这个样子，却不能表达出来，因为我如果多嘴，他们就会把我送到医院里。 我对他们没有任何办法。 因此，我更多的是把自己关到房间里，或者，天黑的时候，我去门外走走。 但我也不喜欢屋子外面的空气，肮脏、丑恶、充满梅毒和淋病。 我来到屋外就感到气愤。我就向城市外面走，告诉你们，我常去的地方就是南郊苗圃。 那地方从前可是坟地，是我亲手把那些坟墓敲掉的，我们敲掉坟墓把地整平就种上了那些树。 这些你们不会知道的，有谁知道我们当年的辛苦。 我们是为了迎接国庆十周年才开垦苗圃的，给我们的时间又很短，我们昼夜干活终于在国庆到来前完了工。 我就是在开垦苗圃时入党的。 我说远了，不过你们不要打断我，否则我什么也不对你们说了。 我说过我晚上常去苗圃。 有时候我就睡在那里。 反正我儿子、我老婆也不会发现我不在房间里。 他们现在变得越来越不注意我了。 我从附近的农田里找了些稻草，铺在地上睡。告诉你们一个秘密，我睡觉的附近有一只很大很白的老鼠，常来到我面前向我吱吱地叫。 我开始还以为是只野兔子，但我知道兔子的眼睛是红的，而这东西的眼睛不红，所以我猜想，这东西应该是只老鼠。 人家说人看到白老鼠是不吉的，我才不信这个邪。 我觉得这只老鼠很可爱，因此我有时从家里带点东西给它吃。 我睡在草堆上，听到老鼠吱吱地吃我带去的东西，我的心就感到很温暖。 这只老鼠也懂得感激之情，后来每次我来到苗圃，它就从洞里钻出来，对我吱吱吱地撒欢儿。 我有时候觉得它比我儿子还重感情。

　　说远了，现在我来说说我为什么要杀这两个人。我前面说过，我老婆和我儿子老在房间里笑。你猜他们在说什么？他们在说男女之事。他们只知道那档子事。我老婆是个荡妇，我原来不知道，我是从医院里出来后才知道的。我这么说我老婆是有根据的。有一天，我从房间里出来，朝苗圃方向走。没想到我会碰到我老婆。我老婆穿得花枝招展，我发现她现在是越来越喜欢穿那种色彩强烈的大红大绿的衣服了。你们一定也猜到了，我老婆和一个男人走在一起。我不由得停下了脚步，我当然也很生气。我打算跟着他们，看看他们到底去干什么。他们往宿盛街走，我在他们后面跟着。我虽然捂着耳朵，可我还是听到我老婆轻浮的媚笑。他们一路上都在笑，装得像两个年轻人似的，因此看上去就像两个傻瓜。一会儿，他们进了宿盛街2号，就是你们刚刚去过的那间房子。我进不了房间，但我可以通过门缝往里张望，你们能想到我看到了什么，我老婆他娘的真是个骚货，她一进房间就开始扒自己的衣服，脱得精光后又去扒那男人的衣服。看到这些我当然很急，我就砰砰砰地敲门，骂我自己的女人。我不知怎么回事，后来我突然什么都不知道了。我醒来的时候发现自己在医院里。

　　任何一个人如果发现自己的老婆同别的男人胡搞都会想到离婚，我当然也是这么想的。我从医院里出来，我就对我老婆说，我要同她离婚。她却紧张地看着我，她的眼神中除了紧张还有许多怜悯。她摇了摇头，就给医院打电话。他们又把我送进了医院。 他们这一招真是毒啊。 我害怕去医院，那不是人待的地方，我只要进去，他们就会给我打针，然后让我睡觉。 我的身体会变得很迟钝，我的身体会变得好像不是我自己似的让我都不能控制。 我没有办法，我再也不敢提出离婚啦。 如果我提出离婚的话，他们又会把我送到医院里。 我可不想再受那个罪了。 我学乖啦。 我知道我老婆还在同那个男人胡搞，我有时抑制不住好奇心还会去宿盛街2号去偷看的。 后来我也想通了，我已经有好多日子没弄我老婆了，不知怎么回事，自从我去过医院后我对这事没兴趣了，我成太监了。 我对我老婆是了解的，她对这档子事一直是很有兴趣的。 我没兴趣弄她，她去外面偷男人也是难免。我算是想通啦。

不知怎么搞的，我对我老婆和那男人的好奇心变得越来越强烈。 我有时候已睡在苗圃了，突然想到他们就会赶去看看。 老实说，每次我看到他们，我都会为我老婆感到羞愧。我老婆总是在讨好那个男人，她甚至用口使那男人舒服。 但那个男人似乎有点看不起我老婆，有一天他甚至对我老婆动起粗来。 他的手掐着我老婆的脖子，我老婆睁着惊恐的眼睛，脸色发白。 我以为这个男人要把我老婆掐死，正想冲进去时，那男人松开了掐着她的那双手。 我老婆当时赤裸着身子，她像是瘫了似的沿着墙滑下，然后在地上无声地哭泣。她赤裸的身体看上去很丑陋。 这时，那个男人伸出一只手去拉我老婆。 令我惊奇的是，刚在还显得十分悲伤的她竟突然笑了起来。 当然她的笑看上去有那么点凄苦。

我就是从那时起对这个男人感兴趣的。 我决定弄清楚这个男人的来历。 反正我没事干，又不用上班，盯上一个人，把他弄清楚，对我来说是件十分容易的事。

你们也许已经知道了，这个被我杀了的人是个官员，好像是个处长。 我可以明白无误地告诉你们，他是共产党的败类。 他仗着手中的那点权力，吃喝样样都来。 我这么说是有根据的。 这个人不但同我老婆搞腐化，还同别的女人搞暧昧关系。 那是个年轻的女人，是他们单位的司机。 他对这个女人的态度同对待我老婆的态度不一样，他讨好这个年轻的女人，他买化妆品和鲜花给那个女人。 但那个女人好像对他爱搭不理的。 我跟踪过这个女人，她他娘的不但有老公，而且还有一个漂亮的刚学会说话的可爱的儿子。 我当然很同情那个已戴了绿帽子的男人，我还去小孩的幼儿园看过小孩，小孩子当然也很可怜。 我是个可怜的人，小孩子也是个可怜的人，因此我很想和小孩交朋友。 一天放学的时候，我站在幼儿园门口，我买了两个大饼打算送给小孩。 我看到小孩子出来，我走过去对小孩说，孩子，我知道你很可怜，你妈不要你了，不过你不用怕，我会照顾你的。 这个小孩也他娘的怪，听我这么一说，他竟站在那里哭了起来。 结果，门卫老头赶了出来，问孩子怎么了，还问孩子认不认得我。 小孩当然不认识我。 门卫听小孩这么说，就要把我抓起来。 幸好我跑得快。 告诉你们，我如果想跑掉就没人能追得上我。 这功夫我是在医院里练出来的。 在医院里他娘的医生就是大爷，他们不但要给我打针让我永远睡着，而且只要我不老实点他们就会用电棒击我。 因此，我只要看到医生们手里拿着家伙就会本能地跑，我一边跑一边喊，从医院这一头跑到那一头。 我看到医生们喘着粗气，紧跟着我，他们跑起来的样子就像一群蠢猪。 当然，最后我还是会被他们抓住。所以，我再也不想去医院了，我受够了。 我希望你们把我抓到牢里去，千万不要把我抓进医院。 算我求你们啦。

我又说远了。 现在我说一件让我生气的事。 我说过，那男人对我老婆不好，还不时动点粗，可对女司机真他娘的不错。 有一天，我跟着他们。 男人带着女司机进了宿盛街2号。 我算是把这个男人看穿啦，这个男人真他妈贱，他讨好那个女人，想尽办法让那女人开心。 不过，我告诉你们一个秘密，真他娘的有趣，那男人在女司机面前不行，没弄几下就完蛋了。 可在我老婆面前这个男人可威猛了。 他干我老婆他娘的像是有使不完的劲，可干这个女人竟这么没用。我因此很生气，凭什么这个男人对我老婆这么粗鲁，对这个女人却表现得如此低三下四？

我就想教训教训这个人。 我就去他的单位。 我说过这个人不但搞女人还收受贿赂，我就想去吓唬吓唬他。 门卫那个老头非要我出示介绍信，我说没有。 他问我，找谁？ 我就同他说找程处长。 门卫他娘的也是个势利眼，见我找他们领导就放我进去了。 他娘的，现在的办公条件真是好，地上铺的是花岗石，门上还镶着金边，办公室里还有空调，怪不得这么热的天，进了这大楼就感到凉爽。 我一间一间找那个男人。 我走过一间办公室就往里面看一眼。 一些人坐在里面，他们什么也不干，只是抽烟聊天看报喝茶，到处都是这样的人，这个社会怎么还能搞得好。 我看着政府机关这个样子就生气。 有人见我鬼鬼祟祟的，就问我找谁，我因为生气，就大声说，找程处长。 大概因为我声音太响，我看到走廊尽头探出一个脑袋，我一眼就认出了他，他就是我要找的人。 那人用警惕的眼神打量我，问，你是谁？ 我对他神秘一笑，说，等会儿你就知道了。 我又说，还是到你办公室说吧，我如果站在这里说，给别人听到对你不太好。 那人习惯性地左右看了看，冷冷地说，进来吧。 我知道他心很虚，因为他心里有鬼。

　　你们嫌我太啰唆？ 我不啰唆几句你们怎么会明白！ 如果你们不想听，我就什么也不说了。 你们要我说就不要打断我。 我说过那人表面冷冷的，内心很虚。 所以，我一进他的办公室他就问我有什么事要他帮忙尽管说。 我说，我要十万元钱。 他显然很吃惊，看我是不是在开玩笑。 我对自己说出这句话也很吃惊，我没想到我会对这个人这样说。 我看到那个人眼角露出不以为意的神情，说，你是开玩笑吧？ 我说，我不是开玩笑。 因为我知道你收受贿赂，你有钱。 那个人见我这么说，翻脸了。 他打电话给保卫人员，他说，他这里有一个想要敲诈勒索的人，要他们马上赶来。 这个男人的反应很出乎我的意料，我没想到这个人一点都不怕。 一会儿保卫人员就赶到了，他们一进来就对我施用暴力，他们揿住我给我坐飞机。 我嚷道，你们干什么，你们为什么这样对待我？ 姓程的说，他来敲诈我，竟向我要十万元，我哪里来这么多钱。 他又命令道，把他送公安局去。 我喊道，他有钱，他受贿，钱多的是啊。 两个保安却并不理我，他们押着我把我拖出办公室。 我他娘的很生气。 我就骂这两个人一点原则都不讲，做坏人的帮凶。 我因为生气，就把所有的事都说了出来。 我说，那姓程的操我老婆呀，他操我老婆还打我老婆，我向他要十万元钱是应该的呀。 这时候，围观的人也多了起来。 我就给他们看我老婆的照片。 我不知道为什么，看了照片，围观的人都笑啦。 我想不出有什么好笑的。我说，你们笑什么呀，这是真的呀，他真的操我老婆。 他们好像根本不相信有这档子事，我越说他们笑得越是厉害。 他们一边笑一边说，这个人有病呀，不应送他去公安局，应送他去医院呀。 我见他们这么说，我就慌啦。 我可不想去医院，我一辈子都不想去医院。 我一慌就不知怎办，完全乱了方寸。 我说，不要送我去医院，你们还是把我送到局里去吧。 可他们根本不听我的，两个保安踢了我几下，要我老实点，但还是把我送进了医院。 我在医院里吃够了苦头。 我算是恨透姓程的那小子了。

我从医院里出来后没再去找姓程的男人。 这并不是说我不恨那小子，我还是恨他的。 对我个人来说，我和他的恩怨还没了；对社会来说，他也不是个好东西，是个腐败分子。因此我不会放过他的。问题是，我出院后，发现我儿子也有情况。我发现我儿子也像姓程的那样在搞腐败。我很伤心，我想我儿子一定是让我老婆带坏的。

我前面说过，我儿子和我老婆总是在屋子里咯咯咯地笑，开始他们是两个人笑，但后来，我发现笑声中多出一个陌生的声音。是个女孩子的声音。这声音中有讨好的成分，但听上去好像比我儿子他们笑得更疯。我很想去儿子的房间看看这女孩子的样子，但我不能去，我害怕他们再把我送到医院里。这就是我在这个家的真实处境，任何一个陌生人来我家都可以比我放肆，而我是这个家的局外人。你们能够想到我有多压抑。老实说，我感到活着其他娘的没劲。我不能去他们的房间，我只能在门缝后面往他们那里瞧。但如果他们不出来我就一点也看不见。我就是在门缝后面认得那女孩的。那女孩叫小袁，我儿子和我老婆是这么叫她的。这个女孩子看上去长得倒是很清秀的，看着让我喜欢。她的头发很直，不像那些不三不四的女人，头发烫得像狮子，还染得又红又黄。她也不像我老婆那样把嘴涂得血红。老实说，我从门缝里第一次见到她竟有点喜欢她。这个女孩子还喜欢唱歌，到我家来她老是唱歌。我儿子房间里有套音响。我老婆总是咋咋呼呼，说，小袁唱一个《心雨》。于是小姑娘就唱《心雨》。有时候，我儿子也会唱，我儿子那嗓子不行，呱呱呱像鸭子，唱起歌来像喝醉了酒，粗声粗气的，难听死了。 我长时间在门缝后面观察他们，可实际上我看不到什么，这段时间里，我没再去南郊苗圃，我很惦念那只白老鼠，我不给它东西吃它一定饿坏了。 不过我虽然去不成南郊，并且站在门缝后面也很辛苦，但我还是很高兴的。 我儿子有女朋友了，我儿子的女朋友看来也还不错。 我希望儿子早点结婚，我可以早点抱孙子。

有一天，我在门缝里看到我老婆屁颠屁颠地从我儿子的房间里出来，然后关上了儿子的房门。 我看到我老婆长时间站在儿子的房门前，在倾听着什么。 我当然马上意识到我儿子和小袁在房间里干什么，我又不是傻瓜，我当然猜得出来。 我不喜欢他们还没结婚就这个样子。 虽然外面世界已变得乱七八糟了，但我不希望我儿子这个样子。 让我悲哀的是我儿子已被我老婆教坏了。 一会儿，我听到我儿子的房间里传来呻吟声，我儿子的声音还是像鸭子一样，那女孩的声音显得很夸张。 我老婆当年也喜欢叫床，但声音没那女孩大，我老婆快乐的时候叫得很压抑，不像这个女孩这样放肆。 我老婆这个傻瓜一直站在外面听着，他们里面叫一声，她在外面就嘿嘿笑一声。 我很想冲出去打她两耳光。 但我不能打她，否则她会把我送到医院里，我只能这样在心里想想。

我没想到儿子真的变坏了。 我忘了告诉你们，我儿子是一个公司的经理。 像他这样的毛头小孩都当上了经理，可见现在经理实在太多了。 经理多了，就不值钱了，就什么人都可以当，不像我们那会儿，领导就像个领导。 我儿子看上去嘴上没毛办事不牢的样子，可经理当得也人模狗样的。 我去过他的公司，公司里的人对他竟然毕恭毕敬，开口闭口叫他顾总。 上面我说了，我儿子当着他妈妈的面和那女孩子上床，我很担心他变坏，因此我就盯上了他。 我真的没想到我儿子变得这么坏，成了一个真正的腐败分子。 我儿子总是和他的客人去那种什么梦娇夜总会、大豪歌舞厅之类的地方。那种地方总是很黑，有很多不正经的女人，我不知道你们警察是怎么管的，你们警察就应当去那种地方管一管。 我没想到我儿子竟去这么下流的地方。 这地方的女人不要脸啊，她们往我儿子怀里钻。 我儿子也不要脸，他竟摸她们的胸摸她们的大腿，摸够了还带她们去开房间。 当爹的见到儿子这样当然着急。 我知道我儿子如果老是这样下去非出事不可，说不定什么时候被你们公安抓去坐牢了。 我就一个儿子，我不能让儿子这样胡闹下去。 我今天同你们讲我儿子的事情，也是希望你们教育教育我儿子，但不要把他关到牢里去。 我儿子还年轻，他还没结婚呢，还没给我生孙子呢。

　　我不希望儿子继续胡作非为下去，我得想个办法。 后来我想到了那个叫小袁的女孩。 我很快查到这个女孩住在哪里。 我就在她住的宿舍门前等，但令我头疼的是这个女孩没有出现过，好像她压根儿不住在这里似的。 我问一个外地中年女人，外地女人只是警惕地看看我也不理我。 我等不到那女孩，就在这个城里逛。 我老是去梦娇夜总会或别的什么夜总会。 他娘的，现在这种地方真多，我花了一个星期才跑遍了所有的歌舞厅，我们这个城市竟他娘的有二百零五家，并且家家舞厅都爆满。 现在我已经知道都是些什么人去那种地方，都是些不正经的女人和那些有权的人。 这种地方这么多，社会风气还会好到哪里去。 为什么现在腐败那么多，根据我的观察就是因为舞厅太多引起的。 我从这个城市的这家舞厅走到另一家舞厅，没有任何目的，但我内心很着急。 我觉得我们这个社会再这样下去就会完蛋。 我也是共产党员，我为我们共产党人着急啊。

你一定猜到了，我这么闲逛的时候，碰到了那个女孩子小袁。 当时小袁站在一家装修得像一个城堡的歌厅前，好像在等什么人。 我见到她当然也很高兴，正打算上去同她打招呼，不料有一个胖男人走近了她，同她说了几句后把她带走了。 我不知道他们去哪里，我就跟着他们。 后来的事情，想必你们也能猜得到，他们开了房间，在房间里面干那事。我当然没看到他们干。 但我的耳朵很灵，任何声音都逃不过我的耳朵。 我站在他们房间的门外。 我听到里面有哗哗的水声。 我知道他们一定在一起洗澡。 我没想到这个清秀的女孩原来是只"鸡"，我有种上当受骗的感觉。 我当然很生气。 我因为生气，就在门上砰砰砰地敲了几下。 果然里面什么声音也没有了。 一会儿，那女孩匆匆地从房间里走了出来，她的头发还是湿的。 她左右看了看就溜出了宾馆。

我感到这个世界已经不对头了。 我儿子从前可不是这样的啊。 我儿子小的时候可是有远大理想的，他像我一样会背诵《毛选》。 我问我儿子长大后干什么，他就会说长大了去参加解放军去解放全世界人民。 可我儿子现在已堕落成这样了，他现在恐怕连他自己也解放不了啦。 我开始思考我儿子为什么会变成这个样子。 后来我算想通啦，我儿子变成这样是因为他的身边有坏女人，有像小袁那样不要脸的女人和我老婆这样放荡的女人。 我还分析了我老婆放荡的原因。 我老婆也不是天生就这样坏，她是被那姓程的男人教坏的。 我清楚地意识到，只要有小袁那样的婊子和像姓程的那样的共产党败类，我们社会就不会再变好了。 因此，我决定给他们点颜色看看。 现在你们已经知道了，我杀这两个人是蓄谋已久的，并非心血来潮。 我觉得我应该杀了他们，这样我的儿子和我老婆就会明白他们的罪恶，然后改邪归正。 只有把这样的人杀光，我们的社会才会干净。 但我知道杀人偿命，我就来投案自首啦。 我不希望你们对我从宽处理，我活够了。我请求你们把我关到牢里，或者处、处死我，千万不要把我送到医院里。 算我求你们啦。

关于凶杀案的一次会议

在顾信仰滔滔不绝地讲述时，我和老王曾几次试图打断他。 他对我们打断他的反应是愤怒。 后来我们就不打断他了，因为我们已从这个人说的话中听出这是个不正常的人，

是个精神病患者。 根据法律，一个人在精神不正常的情况下
是不用承担法律后果的，因此我和老王决定把这事通报给领
导。 当然现在对这个人有没有精神病，作案时是不是清醒还
不能作出结论。 况且有时候也并不是只要精神不正常就可能
逃脱法律的追究，我们对一个案子的最终定性还要顾及老百
姓对这个案子的反应。 因此在案子定性问题上是有一个"情
势"存在的。 我们通常得按"情势"办理案件。 这当然有
点偏离法律规则，但实际上我们就是这么做的。

为了这个杀人犯，我们还专门开了一个会议。 根据我们
初步掌握的情况，老百姓对这个连杀两人的凶手反应是激烈
的，甚至已经有人打电话到派出所，要我们立即杀了这个
人，不杀不足以平民愤。 不过我们对这种激烈的电话也不是
太在意，社会很大，什么鸟都有，总有一些吃饱了没事干的
人打这种自以为是正义之师的电话。 让我们头疼的是另外一
个问题，这是领导对我们说的。 我们领导说，根据其他部门
的初步了解，这个杀人犯曾是一个劳模。 因此，领导指示对
这个案子还是应该小心一些，要把他的事情搞得一清二楚，
然后再对这个人下结论。 领导指示我，要我负责办这件事。
领导说，你把凶手的事调查清楚，看看他有没有行为能力，
然后写一份报告。

我其实心里是不想干这份差事的。 听了这个人的自白，
很显然他是个精神不正常的人，我对精神病世界一直存有恐
惧。 我觉得那是个刺激人神经的无序世界，没任何道理可

言，在这个世界里，人性中丑的东西被放大了，那常常是一幅怪异的血淋淋的超现实图景，让人受不了。 我虽然是个警察，平时也接触一些血腥事件，但我知道那些被残害的肉体生前是正常的，因此也没什么感觉。 可我面对精神病世界还是感到恐惧。 我不知道为什么，我的承受能力竟如此低下。 我想，我是担心我一头扎入精神病世界后自己也弄得不正常。 这不是没有可能的。

但领导交给我的任务我还得去干。 这是没有办法的，谁叫我吃这碗饭呢。 我知道自己的处境。 我是局里资格最嫩的人，像这样的调查是没人想干的。 因为显然这个案子的调查也就是走访一下凶手的亲人和朋友，就这么简单，调查这样的案子是不可能捞到什么资本的，想要得奖章就不要去办这样的案子。 我知道这个案子只有我来办，我推也推不掉的。

我查访的第一个人是犯罪嫌疑人顾信仰的老婆。 事实上，并不是我找到她而是她主动来所里的。 我想一定有人向她说了她丈夫杀人的事情。 那天，我们的会议刚刚结束，我发现传达室边站着一个妇女。 我已经从凶手顾信仰的自白里了解了他老婆的一些特征，因此我看到传达室旁衣着艳丽的女人时就猜想她可能是凶犯的老婆。 我猜得没错。 传达室老头对我说，这个人已等了一些时候了，她是凶手的家属，她想找所里领导谈谈。 我说，这事归我管，你就找我谈吧。

我把那女人带到一间办公室，我叫那女人坐在我对面，我也有一些问题要问她，但还是想先听她说。 根据她说的内容再提问题也不晚。 她虽不是犯罪嫌疑人，但我一坐在她对面就有了一种居高临下的感觉。 我想这也是职业病。 我的目光一直逼视着她，她在我目光的逼视下显得有点不安。 我发现这个女人除了衣着有点艳丽，看上去倒是蛮端庄的，并且还有几分姿色。 我有点替她可惜，她会嫁给像顾信仰这样的人。 一个女人要是嫁给顾信仰这样的人，除了同别的男人胡搞还能怎样？ 看得出来这个女人来之前经过仔细的装扮。我想她是想给警察们留下好印象的。 看着这个女人我一时有点想象不出顾信仰描述的那种放荡的笑声。 这张脸放到哪儿都像是一张严肃的脸。 我看着她，一直没吭声。 我知道，这时候我不应出声，我一出声她的压力就会减轻，她讲的就会有保留。 我希望她把实情都说出来，即使因为慌张讲得颠三倒四都没关系。 果然，她干咳了几下，就结结巴巴说起来。 她说，你们千万不要送他去坐牢，他是有病的啊。

在整个谈话过程中，这个女人几次流下了眼泪，她的脸上布满了痛苦。 这是一种强抑着不想让自己哭出来的表情，这种无声的哭泣其实更让人感到撕心裂肺。

可以说，我通过同犯罪嫌疑人家属的交谈，对犯罪嫌疑人顾信仰的了解进一步加深了。 不知怎么的，我听了她的讲述后心里很不平静，我觉得我被什么东西刺痛了。 这种感觉很长时间停留在我的心中。 我知道这里面其实隐藏着对犯罪嫌疑人的同情心。 我知道作为办案人员是不能有"同情"这种情感的，以免发生错误的判断。 我想我应该有所控制。

下面记述的是我和犯罪嫌疑人家属的谈话内容。

李美芳（犯罪嫌疑人之妻）谈话摘要

我觉得老顾太可怜了。 他这个人实在太可怜了。 他其实是个很好的人，是一个老实人呀。 他这个人天生就是个劳碌命，只要有事干，他就会安静下来。 一直以来他就是这个样子，他不能休息，如果休息了，他便会胡思乱想，东走走西看看，那个无聊的样子简直要了他的命。 用政府的话说，他这个人天生热爱劳动。 那会儿我还没嫁给他，但他的事我已经听说了。 那时，政府提出要把南郊的坟地改成苗圃。你们都知道的，扒坟的事情一般是没人肯干的，那会得罪多少人啊。 我们老顾这人老实，就被派去撬坟了。 这个苗圃，当时还是个政治工程，时间也很紧，要加班加点干。 撬坟的事白天干还好，晚上干该有多吓人。 我们老顾是穷出身，政治觉悟也比较高，就一个人晚上撬坟。 他说他是个无神论者，他不怕。 他晚上干，别人没办法也只好跟着他干。因此，很多人背地里骂老顾。 老顾因为工作积极，这年苗圃开垦结束，组织上还发展他成为党员。 我就是这个时候和他认识的。 那时，老顾快三十了，但因家里穷，工作又不好，所以还没找到对象。 于是组织出面就把我介绍给了老顾。我们就在那年结了婚。

　　结婚之后我才开始对他有了点了解。 这个人太固执了，有时候固执得还不近人情。 比如，我母亲那边有一个亲戚成分有点不太好，老顾就一定要我同组织说清楚，并要我断绝同那亲戚的来往。 断绝来往倒也罢了，可我认为这种事不用同组织说，这样远房的亲戚谁没有一个两个，就是毛主席家也是富农嘛，我不想去。 老顾因为我的态度很生气，后来，他是气冲冲把我拉到组织那儿的。 我当然也很生气，好像我觉悟那么低要接受他的教育似的。 苗圃完成以后，老顾有一段时期没什么事干，这可害苦了他，也害苦了我。 这个人精力实在太充沛了，根本闲不下来。 他成天在外面，只在吃饭时露一下面。 我不知道他在干什么，我问他他也不告诉我。后来，我才知道他在这段空闲时光竟破了一个案子，据说是一起国民党特务搞破坏的案子，我不知道真相，他是不是真的抓了国民党，反正那会儿阶级斗争为纲，大家都有一双阶级斗争的眼睛，只要看着可疑就会被当成特务什么的抓起来。 被他抓的据说是个捡破烂的，我在批斗时看见过这个人，完全是一个糟老头，现在想来这个被抓的人一点也不像一个特务，但当时我们觉得这个丑陋的老头确实像个特务。虽然老顾的脾气有点怪，但他是个好人，对我也很好。 在家里他很照顾我。

　　我们这样过了一段日子。 有一天，老顾对我说，他要去个小岛守灯塔，是组织上安排的。 我不知道你们知不知道灯塔，就是航船用的灯塔，夜间导航用的。 夜里，海面上灯塔亮着开船的人就知道那地方不能靠近，那里有暗礁。 我那时虽然对这个工作不了解，但我知道这工作很辛苦，在一个荒岛上，一个人守着灯想想也觉得可怕。 再说了，我那会儿刚刚同他结婚孩子还没有就这样分开了，心里就很不愿意。 但他同我的想法完全两样，他认为他的工作很光荣。 当时，我们这个城市被认为是前线，那些小海岛就更是前线了。 去这样的地方，政治上当然要过硬的，而我们老顾就是这样过硬的人。 因此，我和老顾就产生了矛盾。 那段日子，我天天使小性子，天天同他吵。 这可把他气坏了，他竟向组织提出要同我离婚。 我们的婚姻是组织安排的，老顾要离婚组织很吃惊，就来调查。 结果，你们也能想到婚是不会离的，组织对我做了很多思想工作，我也没办法，只好让老顾去守灯塔。

我后来去过老顾守灯塔的小岛。 我只去过一次，那次去了后我是再也不想去了。 那不是人待的地方啊，我想起老顾在那样的地方生活心里就烦，就痛。 我们老顾的命实在太苦了。 他竟一辈子待在那样的荒岛上，简直比流放到西伯利亚还不如。 那是什么地方啊。 一间破房子，几乎像是埋在地下似的，实际上当然靠着礁石，因此，进去有点黑洞洞的，并且很潮湿。 我想，待在这样的地方，好好的人也会弄出一身病。 吃又没的吃，幸好老顾是个爱干活的人，他自己会弄点东西吃。 这些倒也罢了，最主要的问题是长年累月一个人待在这种地方，不变成疯子也会变成傻子。 没有一个可以说

话的人，你们知道他在对什么说？ 他在对一只老鼠说。 他
这个人也真怪，走到哪里都会有老鼠跟着他，而他似乎也愿
意同老鼠交朋友。 我后来只要想起老顾在荒岛上同老鼠交朋
友，我就会哭。 我这一辈子不知为他哭过多少回。 我后来
没去过小岛，所谓眼不见心不烦。 后来我们有了儿子，儿子
小的时候倒是喜欢去老顾守灯塔的地方。 那地方能抓到鱼，
孩子当然喜欢去了。

　　这样老顾守灯塔就守了二十多年。 虽然后来组织上让他
当了劳模，但我心里一点也不高兴。 他如果能回来我宁愿他
不当这个劳模。 老顾后来还是因为生病回来的。 他得了肝
炎，那种慢性肝炎。 医生说得这种病原因往往是积劳成疾。
他苦了一辈子，不得这种病才怪呢。 我那时还很开心，想谢
天谢地，老顾终于可以回来了。 组织上对老顾的病也很重
视，把老顾送到第一医院干部病房治疗。 我想，老顾的病也
不是什么了不起的病，等治好了就待在家里，我这回是死也
不会让他去守什么灯塔了。 如果组织上还要他去我就同组织
吵。

　　可我没想到，老顾回到社会就出事了。 我是说他的脑子
出了问题。 现在回想起来，其实他在治肝病的时候，脑子就
不对头了，但我们当时没有注意到。 同他同住在病房里的是
个局长。 人家是局长当然会有很多人来看他。 局长的部下
会来，有求于局长的人会来，其他各种各样的人免不了也会
来。 他们来了，通常是拍局长的马屁，讲局长的好话，说局

长怎么有水平，他生病了现在单位都乱套了。他们不但拣局长爱听的话说，还会送很多东西，有的人还送礼金。现在社会就是这个样子，我们早已见怪不怪了。可老顾在荒岛上的时间太长了，他不知道现在的社会风气，因此很生气。我和儿子因为有工作也没有在医院里陪老顾。没想到老顾和人家局长吵了起来。老顾这个人一向是很敬重领导的，他这个样子我们都大吃一惊。我们是在老顾从医院里跑回来后才知道这些情况的。老顾回到家里就开始骂娘，他说他再也不去医院了，他受够了。他骂道，那是什么领导呀，他还是不是共产党干部，他竟这个样子，不但收人家的钱，还对来看他的人摆架子。我们就劝老顾，让他去医院继续养病，并告诉他现在社会就是这个样子，不值得你生气的。老顾见我们这么说，就气呼呼地走啦。我们还以为他去了医院，实际上他没去，他在街头瞎逛。

后来他当然再也没去医院。我也没有再要求他去。反正在医院里也是吃吃药，就让他在家里吃吧。我说过他这个人闲不住。说他待在家里，实际上只有吃饭的时候看到他。连晚上也见不着他。每晚回家还很迟，我早已睡了。我知道他的德性也就随他去。我想，他这样总比在礁岛守灯塔强。

一天，我接到派出所电话，说老顾在舞厅门前对小姐耍流氓，已被抓了起来。我听了吓了一跳。我觉得这是绝对不可能的，老顾一辈子都很正直，是个有道德原则的人，他不可能干这种见不得人的事。 我赶到派出所，看到老顾正对着警察背诵毛主席著作。 警察一见到我就问我，老顾的脑子是不是有毛病。 我说没有，他怎么会有毛病呢？ 究竟出了什么事，你们把他抓了起来。 警察说，这个人每天晚上在舞厅前面逛，不停地往里张望，舞厅保安就把他赶走。 但他又会去另一家，他到了那边又是这样东张西望，又被保安赶走。 后来，这个人也不往里看了，而是守在门口，不让人家小姐进舞厅，人家小姐要进，他就破口大骂，骂她们是婊子，不要脸。 这不是赶走了人家舞厅的生意嘛。 保安没办法，就把这个人送到派出所来了。

我不知道老顾回来后另外还发生过什么事情，他回来后很少同我们说话，他每天进进出出，很忙的样子，我实在搞不清楚他在干什么。 我没想到他竟变成这个样子。 我是说，我就是从这一天起才意识到老顾的脑子坏了。 我把他从派出所领回来时还没意识到他的脑子已经坏了，因此我一路上都在说他多管闲事。 他不吭声，一直念着毛主席著作，就是那篇《论持久战》。 我知道，他一直很喜欢这篇著作。他念着"敌进我退，敌疲我扰"的时候，我的头就一阵阵地疼。 我对他猛吼一声，不要念了。 这时，我看到他惊恐的眼睛，那是一双像受惊的兔子样的眼睛，同时，他抱着头，呀呀呀地叫起来。 我没想到他会这样。 后来我意识到老顾的脑子坏了。 我只好把他送进康宁医院。

我实在不想说他在医院里的事，说起来心就烦。 他在医院里也不听医生的，老是同医生唱反调，结果吃了很多电棍。我不知道他会变成这个样子，早知道这样，还不如让他守在礁岛管灯塔。

后来，他就从医院里出来了。从医院里出来后，对我和儿子也有了敌意。他老躲在自己的房间里，也不理我们。后来，我还发现他晚上又出去。我跟踪过他。这回，他没去舞厅，而是去了他过去开垦过的苗圃。有时候，还在一个草堆上睡觉。他不同我们说话，他却在苗圃一个人说话。我不知他在对谁说，后来我才发现他在同一只白老鼠说话。我看着他，觉得他实在太可怜了。我本想把他从苗圃叫回来，但见他安安静静的也没事发生就随他去了。你知道，像他这样的人是管不好的，你只能随他去。很奇怪，我知道他生活在我身边，但我却一直无力正视他，一直在逃避，对他视而不见。

你问我这几年有没有其他男人？没有，绝对没有。他说他杀掉的男人是我的相好？不可能的事。你们怎么能听他的，他的脑子有毛病，老是有幻想。一定是他自己幻想出来的。我不知道他为什么盯住这个人。他曾经去这个人的单位闹过，毫无道理要人家十万元钱。很难想象老顾会变成这个样子，他从前是个多么好的人啊，多实在啊。老实说，他这个样子，他这样胡说八道，把我的名节也败得差不多了。我都老了，哪还有这个心思。再说，老顾这个样子，家里的事还处理不过来，哪还会有那个闲心。你们要相信我啊。

别的我也没什么可以向你们提供的了。 我还是请求你们一定要考虑老顾的精神问题，不要判他的刑啊。

晚报记者要求采访凶杀案

我按自己的计划对犯罪嫌疑人进行必要的调查。 当然这些调查的主要目的还是对犯罪嫌疑人的心理状态做出实事求是的评估。 接下来，我要查访的对象是犯罪嫌疑人的儿子。找犯罪嫌疑人的儿子谈是必要的，因为犯罪嫌疑人杀的是其儿子的女朋友。 我已了解到犯罪嫌疑人的儿子叫顾主义。从名字看倒是同他父亲是一脉相承的。

但就在这个当儿，我们领导把我叫去了。 原来晚报派人来局里，要求采访本案。 可这个案子不宜报道，局里回绝了他们。 但报社坚持要采访。 报社说，每天都有人打电话给他们，要求晚报能报道此案。 他们还说，这个案子不像去年的银行持枪抢劫案，宣传部有文件不让新闻媒体报道，这个案子宣传并没规定不能报嘛。 局里觉得同报社也说不清楚，就让我去应付。 他们派人来就同他们谈谈，但不要说实质性内容。

领导说说当然简单，但要应付晚报也不是件容易的事情。 我了解跑我们线的那个家伙。 这个家伙生一张娃娃脸，眼睛也有点天真，但这家伙精力充沛得很，并且能说会道。 如果你同这家伙碰面，那你非得被他弄得精疲力竭不可，他总是没完没了同你说话，大谈国事。 从国民道德沦丧讲到吏治腐败，从机构改革讲到职工下岗，从扫黄打非讲到经济制裁，从水土流失讲到全球气候变暖，从东欧演变讲到叶利钦的心脏，从多国部队讲到阿以和平，话题变换，无所不包。 他讲话时，你只需带耳朵就是，好像这家伙不是来采访而是来发表演说的。 有时候我们确实很奇怪，这家伙也不深入采访，但总能写出好文章，还是个在读者中有一定影响的名笔。 当然，他写的东西同我们实际在干的出入很大，我们在他笔下高大得让我们自己都不好意思。 考虑到他把我们写得很英武，我们也随他添油加醋了。 我这样说，你一定会认为这家伙好对付，实际当然不是这样。 我们局同他打过交道的人都有共同的感觉：累。 即使不说话，光听他说，你也会累得不行，而他却越讲越起劲，越讲越神采飞扬。 同他打交道比开会还累人。 我想，一定是我们领导被他搞得心烦意乱，才把他打发给我的。

　　这家伙不但话多烦人，更烦人的是他老要你为他办事。比如，什么人因为赌博被公安抓了，他会来说情，什么人因为嫖娼关了起来，他也会来说情，反正给我的印象是这个地市里的什么人都同他有关系。 他来说情时，还是用抨击社会问题时那样的慷慨激昂的语气说话。 他说，现在是什么社会啊，同那些慷国家之慨慷人们之慨的人比，赌一下简直算不得什么。 你们什么人不好抓，偏去抓他们。 你们这是没抓主要矛盾。 老实说，见到他我们头就大了，我们就把那些他认识的也没什么大不了错误的人放了。 领导把他打发给我，我也没有办法，我只能接待他。 我看着他闪闪发光的眼，心里直叫苦。

他说，这个案子很古怪呢，真的很古怪呢。 没想到中国也有这样的事情。

我没说话。 我对案情只能保持沉默。 我不能透露给他什么，否则我就是犯纪律。 我不吭声，但这家伙的嘴闲不住。 他说，你有没有看过一部好莱坞电影？ 叫什么来着，记不起来了，就是讲变态杀人的事。 里面的主角，专杀妓女。 他认为女人没一个是干净的，结果绑架了一个儿童，举行了一场婚礼。 你看过这部电影吗？

我摇摇头。 我感到很吃惊，这家伙是第一次对一个案件感兴趣。 我想他来之前一定道听途说了这个案子的一些情况。

他继续说，我们这个案子很有戏呢。 我们这个案子可以写成剧本，拍电影，那一定会很好看的。 现在我们国内搞电影的素质实在太低，说起来一个一个牛烘烘的，但拍出来的是什么东西呀，艺术不像艺术，娱乐不像娱乐。 我们国内搞的公安题材，搞来搞去老一套，放不开手脚。 实际上，我们公安系统是很有戏的，但我们就是拍不过人家好莱坞。

我平时不看电影，连电视也很少看，我身上可以说没一点儿艺术细胞，因此，这家伙同我谈电影艺术简直是对牛弹琴。 他见我哈欠不断，就站起来，对我说，他先走了。 我觉得这家伙今天有点怪，他平时才不管你打不打哈欠呢。 总之，今天我觉得这家伙很兴奋，有点坐立不安。 我想，他是真的对这个案子感兴趣了。 他一遍一遍对我说，他写完报道后打算把这事写成小说，然后改编成电影剧本或电视剧剧本。 他今天这么快就放过我，一定是去构思他的小说或剧本去了。

　　还是让我们回到这个案子上来。 晚报记者走后，我见还不到吃中饭的时候，就打算抓紧时间找犯罪嫌疑人的儿子顾主义谈谈。

　　是我打电话约顾主义的。 他开始对我的查访很反感。他说，有什么好谈的，人也杀了，我父亲也来自首了，这是我们家庭的悲剧，我现在可以做的就是迅速把这个事件忘记。 他停顿了一会儿又说，我有很多事要做，我不可能因为家庭出事就什么也不做。 我说，不是不让你做事，你尽管做你的事去。 我来找你谈主要也是为了你父亲，我们想了解你父亲杀人时的精神状态。 你不希望你父亲被判刑吧？ 对方见我这么说就沉默了一会儿，说，那好吧，现在快到吃中饭时间了，这样，我们一块儿吃点便饭，然后好好聊聊。

　　我本想拒绝他的，做警察的想吃点饭还不容易，他用这样口气说话好像我们都饿着似的，很让人反感。 但考虑到为让工作顺利进行，尽可能快地把这桩该死的凶杀案了结，我还是去了。

　　顾主义在饭店门口等我。 他见到我显得非常热情。 这多少缓解了一点我对他的反感。 我想，他刚才用这样的口气，大概是平时说惯了，并没有别的意思。 顾主义的头发梳得一丝不乱，穿着名牌西装，看上去很精神。 我试图从他身上寻找他父亲的影子，大概是因为父子俩穿着反差太大，最初我没发现他们相同之处，反而觉得父子俩很不一样。 儿子比父亲长得高，也长得白，还比父亲长得气派。 但一会儿，我便找到了他们的共同点：那双眼睛。 他们的眼睛确实很像，都非常明亮，呈浅棕色。 眼神非常锐利，有一种坚定的东西，但我看得出来，顾主义尽量让他身上的锐利隐藏着，他笑得很热情，看上去确实像一个商人。 我们在饭店前握了握手，顾主义就把我领进一包厢里面。 我发现顾主义点了一桌菜。 我很吃惊，问，还有什么人来吗？ 他说，没有没有，就我们俩。 我说，点了那么多菜，太浪费了。 他说，不成敬意，不成敬意，我父亲的事还要请你多多帮忙。

顺便说一句，这天我和顾主义吃饭吃到一半，那个晚报记者闯了进来。 他一进来，就嚷道，不够朋友，你查案子也不带上我，顾主义很客气地叫记者坐，记者坐下后，顾主义继续谈他所知道的情况。 这天，晚报记者倒是很配合，没多插嘴。

顾主义（犯罪嫌疑人之子）谈话摘要

我父亲是个怪人，我很小的时候已经看出来了。 小时候我很喜欢去父亲守灯塔的礁岛。 我乘大船到一个海岛，再乘小船到我父亲的岛。 我们往往在初夏去那里，这个季节那里的气候是一年中最好的，岛四周的大海风平浪静。 在我的印象里，那段日子充满了阳光，那种白晃晃的阳光，到处都是，没有阴影。 是的，我是独自去父亲那里的，我母亲只去过一次，去了一次后她再也不想去啦。 我母亲把我托付给当地的一个渔民，让那人把我带到父亲那儿。 刚到礁岛的那几天，我当然感到很新鲜，很好玩，到处都是贝类海鲜，它们就吸附在石边，一张一合，还有各种各样的鱼，我父亲总有办法捉到它们，我把它们养在缸里，看它们游来游去，但最初的新奇感很快就过去了。 老是看贝壳或海鱼也太单调了，更大的问题是，我见不到任何人，我眼前只有我，吃得又差，我们的淡水和蔬菜是由专人从附近的小岛运来的。 运来的蔬菜数量有限，质量又不高，吃起来味同嚼蜡。 送蔬菜和淡水的人一个月来一次礁岛，想想，蔬菜放上一个月会成什么样子，那时候我没有想父亲一年四季是怎么过来的，他一个人在这个地方是怎么打发时间的，他是不是感到烦，那时我只觉得父亲就是这个样子的，好像他一出生就是个管灯塔的人，他不可能是别的样子。 现在想起来，我父亲后来变成这个样子，同他与世隔绝时间太长是有关系的。

我一般在父亲那儿待上一个星期就闹着要回家。 我父亲当然不会让我回去。 他说，你现在怎么能回去呢？ 送水的船要一个月以后才来，所以你必须在这里待下去。 我当然也没有办法，我总不能游泳回去吧。 接下来，父亲就教我打发时间的方法，那就是背诵《毛选》。 父亲说，我们来比赛，看谁的记性更好。 你知道我父亲是个精力十分充沛的人，他闲不住的，可礁岛上实在太闲（当然他力所能及在岛上种了点作物，但这不足以打发他的时间），因此，我父亲培养了一个高尚的乐趣，就是背《毛选》。 那时候，《毛选》恐怕是世界上最畅销的书，几乎人手一套，连我这样的小学生也有好几套。 我父亲当然也会把《毛选》带到岛上来的。 我父亲其实是个半文盲，但自从他来到岛上后，识了不少字，读《毛选》没有问题了。 我猜想那些著名的篇章，父亲肯定背得滚瓜烂熟了的，因此，我挑了一篇《论十大关系》。 我对父亲说，我看一遍，你看一遍，直到会背为止，看谁先背出来。 于是，我们就开始。 这篇文章很长，我读了半天才背诵出来。 我父亲当然比我笨一点，他读了一天。 我从胜利中尝到了甜头，觉得玩这个游戏很有意思。 我没想到在父亲的培养下，我成了个背《毛选》的能手。 那会儿，我是个小学生，但我们小学生也要学《毛选》，不但要学，还要评学习积极分子。 我因为在岛上的训练，成了佼佼者。 我曾多次上台表演这绝技，受到了普遍好评，还得到了很多荣誉。 我父亲为此感到特别欣慰、骄傲。 你知道，这种童子功是不容易丢的，我现在还可以背下整篇《论十大关系》呢。

　　但随着我的长大，随着时代的不断变化发展，我渐渐觉得父亲是个什么都不懂的白痴。 当然这也不能怪他，他长年在岛上，我们这里的变化他是很难想象的。 虽说，他也看看报，但报纸毕竟正统，与丰富多彩的现实生活比起来，报纸显得太单调了。 我记得我最后一次去礁岛上看父亲的情景。那次，我和父亲发生了激烈的冲突。 那年，我刚初中毕业，我其实不再对岛上单调的生活感兴趣了，只不过觉得父亲长年在那个地方太可怜，还是决定像往年那样去看看他。 我去时，带了一些流行杂志，有电影方面的，也有摄影方面的。你们知道，这些杂志少不了登些女人的照片，有些照片还相当暴露。 我也不想让父亲看到这些图片，因此把它们藏在我的包里。 但有一天，我从岛上回到小屋，发现父亲坐在那里生闷气，脸上的表情是慌张的，好像天要塌下来似的。 他见我进来，就古怪地看着我，接着送给我一句没头没脑的话。他说，好啊，小小的年纪就学起流氓来了。 我不知道他为什么说这样莫名其妙的话，正检点自己这几天哪里做错了。 这时，他迅速从身后拿出那些杂志，愤怒地说，看看，看看，这都是什么，小小年纪就看这些东西，你看，还光着屁股呢。 我才知道父亲的火来自何处。 我突然觉得父亲很怪，并且有点看不起他。 我冷笑道，你生什么气啊，这都是公开出版的啊，又不是什么黄色的东西。 父亲不相信，他仔细看了看版权页，发现是我们国家正式出版的。 我父亲脸上露出疑惑的神色，他皱了皱眉头，说，我儿子就不能看这些东西。 后来，我父亲命令我当着他的面把这些东西烧掉。 我那时十四五岁，虽有点反抗意识，但迫于父亲的淫威也只好照办。 这之后，我和父亲不说一句话，直到送水的船来到礁岛，我坐船离开，我没同父亲讲一句话。 我后来再也没去过那个地方。

接下来几年，我忙了起来。 考大学，到外地读大学，工作办公司，一天到晚可以说马不停蹄。 老实说，我这段时期有点忽视父亲的存在。 我有时候读金庸，读到那些世外高人时，我会想想我父亲。 我为我父亲在那样的地方待了一辈子感到悲哀。

我父亲离开小岛是因为得了肝病，是我把他从小岛接回来的。 我父亲这个人有点奇怪，他病得不轻，但看上去精力依旧很充沛。 一路上，他似乎都在唱歌。 我从没有听过父亲唱歌，这是我第一次听到。 我不知道他为什么这样兴奋。后来我想，他这样兴奋同我们乘坐的出租车播放的音乐有关。 当时，有盘叫《红太阳》的歌带很流行，歌带上都是些"文革"时流行过的歌，以歌颂毛主席的歌为主，当然这些歌曲现在进行了重新编配，听起来像摇滚乐。 我父亲一路上都在跟着这盘带子唱。 我看到他这个样子觉得很陌生。 我父亲以前是个不容易兴奋的人。 当时，几乎每部车都挂着毛主席像，大家都说毛主席在天之灵会保佑司机开车一路平安。 我父亲不知道这个情况，但他显然很高兴司机挂主席像，他每上一辆车，见到主席像后都会亲热地意味深长地拍拍司机的肩。

我父亲从礁岛回来时，他的智商还不及一个五岁的孩子，他对我们的社会缺乏基本的了解，简直像一个白痴。他住院期间竟同一位局长吵了一通，原因是局长不但收了部下的礼而且还向部下摆架子。他刚回来那会儿，闹了不少笑话。

比如有一天，他来到我的公司，要我同他去一个地方。我问他什么地方，他说去了就知道了。我知道，他从医院里出来后，每天在街头逛，在观察社会。我想这对他有好处。我猜想，他可能在什么地方找到了乐趣，要同我分享。但我错了，他竟把我带到一家性用品商店面前。他很远就站着不走了，好像那是什么鬼怪似的。他指了指商店，严肃地然而又是满脸疑问地问我，那是不是一家兽医商店，是不是他们把"性"字写错了，是不是应写成牲用品商店？我听了忍不住大笑起来。我说，他们没写错，他们开的真是性用品商店。他不解地问，那里面都卖些什么？我说，一起去看看就明白了。但他不肯进去，我拖他，他也不肯进去。我们拉扯时，店里出来一个中年妇女，她笑着问我们要买什么，没等我们回答，她笑着指了指我父亲，说，这位老先生已来过好几次了，都没敢进来，你需要什么，你自己进来挑吧，没什么的，不要怕难为情嘛。我父亲的脸这时已通红通红，他用力挣脱我的手，然后气呼呼地走了。

我父亲后来变成这个样子我认为同性是有关系的，是性把他吓坏了。我这样说当然是有根据的。有一天，我因为早上上班时忘记带走一份文件，而那天我正好要用这份文件，我就回家去拿。我开门进去时，听到里面有一种奇怪的呻吟声，呻吟声又很夸张。我打开门，发现父亲正在看那种黄片。黄片是我搞来的，一直锁在我的抽屉里的，我不知道父亲是怎么找到它们的。我父亲见我进来，脸上顿时煞白，愣在那里不知怎么办才好，一会儿后才反应过来，扑过去关掉了录像机。我当然假装什么都不知道，拿了文件就走了。

我就是从这以后发现父亲脑子有问题的。我开始觉得他很变态，因为他总是去舞厅看别人跳舞唱歌。我不怎么去歌厅玩，有时候为了应付，会陪客人去玩一玩。但我总能碰到我父亲，好像他无处不在似的。很快，父亲在舞厅前面出事了。他多次被保安抓到公安那里。父亲被抓，我当然要出面。我就通过关系把父亲弄了出来。后来，保安告诉我，我父亲特流氓，开始是拦在门口，不让小姐们进去，小姐们当然不会听他的话，于是他就用粗话对付她们，骂着骂着就动起手来，还在小姐身上乱摸。我是这时才知道我父亲脑子有问题的。于是我同母亲商量，把父亲送进了康宁医院。

我不知道我父亲为什么特别仇视小姐。他是不是觉得小姐们把这个社会搞坏了呢？我父亲有什么样的想法我都不会吃惊，他本来就是个怪物，一个白痴。因此，那个小姐被我父亲杀掉我一点也不奇怪，至于我父亲为什么要杀那个男人，我想，可能那男人是个嫖客。既然我父亲不喜欢小姐，他当然也不会太喜欢嫖客的。

不管怎么说，我父亲确是个精神不正常的人，希望你们办案时要充分考虑这一点。他无力承担他行为造成的后果。这是我们家的悲剧，也是社会的悲剧。对于死者的家属，我深表同情，但你们应考虑我父亲的疾病。我没有什么好说的了，我希望你们把我父亲送进医院。他需要治疗。

对顾信仰有了进一步的了解

同他母亲一样，顾主义也断然否认了同那个被杀害的女孩子存在关系。顾主义说，他根本不认识这个女孩。顾主义认为，他父亲杀这样一个女孩子一点也不奇怪，因为他父亲讨厌这些歌舞厅小姐，他父亲认为这是罪恶之源。我当然不能听顾主义这样说就认定他讲的是事实。鉴于犯罪嫌疑人存在精神妄想倾向，我当然也不能不对犯罪嫌疑人的供词有所保留。因此，我觉得有必要找一个人了解犯罪嫌疑人和这个女孩子究竟存在什么样的关系。我一时不知道到哪里去了解。但在我和顾主义谈话的第二天，我想起了一个人，就是出事当天在被害女子宿舍里的相册上见过的同被害人同住一室的女子。我想，也许她知道一些事情呢。

我很快找到了她。我当然也打听到了这个女孩的名字，她叫王小玫。我是穿便衣去的。我找到她时，她显得很慌张。她警惕地看了看我，不安地说，你是警察，我一眼就认出来你是警察。我没吭声。当警察的要尽量不说废话，有时候沉默就是一种力量，有助于打开被访者的话匣子。

我们谈话的地方是在一个四星级饭店的大堂吧座。当时这个叫王小玫的女子点着一支烟，独自坐在那里。我凭职业敏感就猜到她是什么人。因此，我找到她她显得惊慌是可以料想到的。

她见我一直不说话，就大口大口吸烟，吸了一会儿，她憋不住就说，你想了解什么，我可什么也不知道呀，我同他们已没有来往了。自从上次你们把我送去后我已经戒了，我不沾那东西了。我知道你不会相信这东西能戒得了，可我真的戒了呀。那东西害人啊，我不能再沾那东西了，再沾我这辈子就完了。所以，我真的不知道什么情况，我同他们再没来往了。

她说话时，我一直用锐利的仿佛要把她看穿的眼神盯着她。我不想打断她，我虽然不是想了解这些事情，但我想听听她还会说出些什么。

她一次一次不安地看我。然后说，真的，你找我找错人了，我提供不出什么有价值的情况，反正我已不吸了，你也不会冤枉我，把我抓起来的，对不对？其他我也没干什么事，我就陪客人说说话。我学过英语，现在又用不着英语，我怕不说不用就会荒废掉，因此我就来这里练练。我可没干违法的事情。

我觉得她就是那档子事情，我用不着让她没完没了说个不停了。于是我就开口说话。我说，你不要慌，我找你不是你犯了什么事，我是来向你打听一件事的。 就是同你同住在一起的女孩子的一些事。 你也一定听说了，她被人杀了，我们想弄清楚她为什么被人杀掉。 你如果知道些什么，你就告诉我。

我看到她听了我的话后松了一口气。 她坐得随意了些，并且优雅地喝了一口咖啡。 我觉得这个叫王小玫的女子举手投足确实有点洋气。

我问她知不知道是谁杀了她的同室。 她点点头，她说她听说了是谁杀的，并且她见过那个老头儿，她的同室也同她讲起过老头儿的一些事情。 他是个怪人。 我问王小玫，老头儿怎么个怪法。 王小玫说，他盯小袁的梢，晚上老是盯着她，弄得小袁整天提心吊胆的，还以为是什么人。 有一天，这个老头儿拦住小袁，要同小袁做生意。 你们一定知道小袁她做什么生意。 小袁说，那天，她刚从客人的房间里出来，就被这个老头儿拦住了。 老头儿把她拉到一个角落，问她多少钱一次。 小袁不想同老头儿做生意，老头儿就发火了，眼珠子很凶，像是要把小袁吃了似的。 小袁当时很累，她根本不想做生意，但见老头儿这么凶，怕出事情，就答应了。 小袁说，去哪里，老头儿说去小袁的宿舍。 小袁说，这个老头儿绝对是个怪物。 他根本不行，试了几次都不行。 这个老头儿竟嘤嘤地哭了起来，哭了会儿就不声不响地走了。 小袁就是这样同我说的。 没想到，现在小袁竟被这个老头儿杀了。 这个人是变态的，脑子不太正常。 小袁曾对我说，她们那里的小姐都被他盯梢过。

听王小玫这么描述犯罪嫌疑人，我很吃惊。 犯罪嫌疑人竟然还做过这样的事情。 在这之前，我一直把犯罪嫌疑人的行为认定为犯罪嫌疑人对社会不洁的攻击，没想到犯罪嫌疑人本人也干这种不洁的事。 那么是不是前面的那套逻辑本来就不对呢？ 或者说，对像顾信仰这样的怪物，他的行为根本无逻辑可言？

我想了想，又向她提出一个问题。 我问，小袁有没有固定的男朋友？

王小玫说，没有，没听她说起过。

我点了点头。 我一时想不起还有什么事情要问她。

我面前的这位女子，一定是个喜欢说话的人。 现在她又在自言自语说着什么。 难怪这个女子要到这里来陪人说话。她对我说，今天另一个人也找过她，也问她这件事。

我问，谁，你说谁找过你？

她说，那人自称是晚报记者，正在做关于这起凶杀案的报道。 那人很滑稽，长着一张娃娃脸，可他的眼睛色眯眯的，见到我足足看了我五分钟，还说想同我交个朋友。

我觉得这个女子话多得过分了，她竟向我说这个，有点可怕。 我可不想知道她与记者之间的事。 我想了想没什么事了就起身向她告辞。 我正向门口走去时，听到身后那个叫王小玫的女子不以为然的说话声。 她说，操，装得人模狗样的，以为当了警察就了不起了，其实只不过是个傻逼。 我当然不会同她这样的人计较。

　　回到所里，我同老王说了我刚了解到的情况。 老王说，这个老家伙原来还这么流氓，我本来还有点同情他，我们上他当了。 这个人在欺骗我们呢，我们得再审审他。

　　我觉得老王讲得有理。 再审他一次很有必要。

　　犯罪嫌疑人顾信仰见到我们又审他，显得很不安，他的眼睛一直在我和老王的脸上打转，试图知道我们审他的目的。 我们绷着脸，脸上明白无误地写着他欠着我们什么。这一点他看出来了。 因此他看上去不像他刚投案时那么有正义感。 他小心翼翼地在我们对面坐下。 他的嘴动了动，发出咕噜咕噜的声音。 我们知道，他想说话了，不说话会让他感到不踏实。

　　果然，他坐下后就自言自语起来。 他说，你们定下来了，你们一定已经定下来了，你们是不是要把我送到医院里去？ 你们可千万不要把我送到医院里去啊，我不去医院，你们不能送我去医院，我杀了人，你们应把我送到牢里去。 对不对，你们应把我送到牢里去。

　　老王见他没完没了说个不停，就拍了一下桌子。 顾信仰显然吓了一跳，他差点从椅子上跌下来。 老王说，知道我们为什么还要审问你吗？ 因为你没告诉我们真实的情况。 告诉你，你干的事情我们都知道了，你要老实交代出来，你要是还不老实我们就把你送到医院里去。

　　顾信仰说，我哪还有什么事情告诉你们啊，我全告诉你们了啊，我杀了两个人，我告诉你们时你们还不相信。 现在你们也调查清楚了，我没骗你们，我真的杀了两个人。

老王有点不耐烦了，他又拍了一下桌子，吼道，快把你耍流氓的事情交代清楚。

顾信仰听了这话，一下子愣住了。 一会儿，他"哇"的一声哭了出来。 他说，羞死了，羞死了，我干了那样的事情，可我实在控制不住啊。

嫌犯顾信仰的自白

我是羞死了，我没想到我会干那样的事情。 我过去在岛上时，从来不想这些事情。 我在礁岛时，我一有空就读《毛选》，哪会去想这些事情。 眼不见心不烦啊。 那里什么也没有，海天一色，眼里除了水就是一些石头。 我对自己的要求也很严格，即使有一些坏念头，我也会对自己展开自我批评。 但是可怕呀，我从岛上回来后，我老是想这种事情。可这也怪不得我呀。 你们去看看，现在的女人，她们恨不得不穿衣服啊。 夏天的时候，她们敢把那个胸露出半个来，衣服是短得不能再短，短得肚子也遮不住。 刚开始，我走在街上，不好意思啊，我都不知道眼光往哪儿放。 放到哪儿都让我触目惊心。 当然我也闹了不少笑话。 比如，有一天，我看到一个姑娘穿着那种劳动布做的破裤子，裤子不但脚处有洞，而且屁股上也有洞，幸好她里面有内裤，否则她的屁股都露出来了。 我不知道为什么这样一个清清爽爽的女人穿着那样的裤子。 我甚至猜想她可能是个要饭的。 我这个人好奇心比较强，就一路跟着她。 她走进一家商店，我也跟进一家商店。 现在的商店真他妈的大，我跟着她感到很累。 我心想，一个穷要饭的，也逛商店，多此一举嘛。 果然，她只是看不买东西。 她后来去一个卖衣服的自由集市，我也跟了过去。 时间长了，她一定知道有人跟她。 因此，她很快地向一条小弄堂走。 我想看看她究竟去哪里。 她钻进小弄堂一转弯就不见了。 我正纳闷她去了哪里，原来她正站在拐角处等着我。 我猛然撞见她，吓了一跳，站住了。 这时，我发现她在同我笑。 我当然也同她笑了笑。 这时，她笑着向我走过来。 她说，她就住在这里，她还问我需不需要她提供服务。 我不明白她说什么，我想，她可能太穷，没钱花，因此，我就给了她五十块钱。 我给她钱后，我就走了。 后来，我把这件事说给我们那儿的一个老头儿听。 没想到老头儿听了后笑得喘不过气来，还说我艳福不浅。 后来，我当然知道我闹了笑话。

　　我开始感到，就像我儿子说的，时代已经变啦。 更要命的是，我也开始想那事啦。 看到女的我就有下流念头。 我就想同我老婆来一下。 我已经好久没和我老婆弄了，生疏了。 我老婆对我的要求很吃惊，还骂我老了怎么不要脸了。第一次我老婆勉强同意了，后来她死活不肯了。 这臭娘儿们外面有男人了，对我当然没兴趣了。

　　我老婆不肯，我也没办法。 我当时觉得自己很下流，很丑恶，我老婆不肯是正常的。 我就晚上出门逛街去。 可街上的事情更让我生气。 他娘的，他们现在竟然在光天化日之下这样弄。 我去公园，公园的草地上有人在弄；我去电影院，电影院包厢里也有人在弄。 我这个人太下流了，我告诉自己不要看他们，可我还是忍不住想看。 有几回，我还让人家发现啦，结果被别人打了一顿。 他们还叫我花痴。

　　我当然很生气，生自己的气，也生他们的气。 后来我不生自己的气了，我认为我这个样子主要是他们太流氓，道德败坏。 这样，我就开始恨他们了。 你想想，他们竟这样干，从前是这个样子吗？ 从前要是这个样子就得把头发剃光游街示众去。 可现在他们这样也没人管。

　　我还发现了更加流氓的地方，就是歌舞厅。 我偷偷地溜进去，不得了啊，比资本主义还黄啊。 里面暗得根本看不见任何东西。 我当然看得见，我在礁岛上那么多年，再黑暗我也看得见。 小姐，他们这样叫陪舞的女人，她们坐成一排，供客人挑选，客人挑了后就同她们胡搞。 你们可要教育一下我儿子，我对他不放心。 我又不能管他，我一管他，他就把我送进医院里。

　　最流氓的就是舞厅的保安，他们总是把我抓起来，把我送到派出所。 但从派出所里出来，我还是去。 这样他们就不送我去了，他们就打我，又骂我花痴。 他们才他娘的是花痴。 我后来就进不了舞厅了，我买票他们也不让我进去。

不知怎的我一看人家胡搞我心里就很恨，我就恨不得把人家抓起来。我也恨那些小姐，她们怎么那么贱，怎么会愿意给男人玩。我进不去，我就站在舞厅前，小姐们想进去，我就拦住她们，不让她们进去。我已交代过了，我也恨自己啊，我拦小姐们的时候，也忍不住要去摸她们一下。她们他娘的就假正经地大叫，骂我耍流氓。就这样，我老婆、我儿子就把我送进了医院。可我根本没病，我骂我老婆、我儿子，我骂得越多，他们送我去医院的次数越多。我就不敢骂啦。

我告诉你们，医生们比国民党还凶啊。国民党对付共产党用电椅，医生也这样对付我啊。我一进去，一个男医生就电我。可他娘的，这个"国民党"自己也不正经啊。他同一个女护士胡搞我亲眼看见的。只要有人搞腐化就逃不过我的眼睛。这个"国民党"是个老男人啊，人家护士还不到二十呢，可他们在值夜班时在值班室里胡搞。我就喊，有人耍流氓啊，男医生和女护士搞腐化啊。我这样一喊，那男医生又拿电棍来击我。他骂我，你这个花痴，你又做桃花梦了。你们评评理，他胡搞，他是花痴才对，他却来骂我。我见他来电我，我就跑，一边跑一边喊，从医院的这一头，跑到医院的那一头。一路上，那些神经病，真正的神经病就流着口水看着我笑。我恨不得打他们一个耳光。

我在医院里吃了不少苦啊，等我出来的时候，我果然不想那些事了。我不想那事，我就去苗圃。这我已经同你们说过了。可就是在苗圃也不安静啊。有一天晚上，我在苗圈睡着了，这时，我听到呻吟声。 我没想到有人竟到这里来乱搞。 我生气啊，我就拿起一块石头朝他们走去。 我大吼一声，把那大石头掷过去。 他俩看到有人要抓他们，拼命地跑。 我追了一会儿，追不上，就放了他们。 可是，自从我碰到这样的事情，我又想那事了，我又想去那些舞厅看看了。 结果，我他娘的又被他们送进了医院，又坐上了电椅。

可说出来羞人啊，坐了电椅也没用，我还是想那事情。后来，你们也知道了，我干了见不得人的事。 为什么要和那女的干？ 我已经同你们说了啊，她是我儿子的女朋友啊，可她竟然去做"鸡"。 我当然对她很生气。 既然别人可以玩她，我也可以玩她。 羞死人了啊，我从来没想过我会干这种事，但我确实干了。 我心里恨啊，我认为这都要怪她们，是她们使我变坏了，我为什么后来又杀了她？ 怪，我难道不杀她让她继续骗我儿子？

羞死人了啊，你们不会因为这事把我送进医院吧？ 我可不想让他们电我，我已被他们电一百回了。 我受够啦。

晚报报道了这起凶杀案

我和老王在审顾信仰时，感到顾信仰确实是个怪物。 他说话时，除了思维有点偏激，他诉说某个事实还算一清二楚。 因此，很难判断他的精神是否失控。 我问老王，你说说看，他是不是有病。 老王说，我不知道，有病的吧，他去过精神病院的。 我说，他是个怪物。

我的查访工作暂告一段落。 我开始整理我的报告。 我想，我应该尽可能地写得客观真实，至于顾信仰是否精神失控，由心理专家去判断。 但就在我整理报告的时候，晚报对这起凶杀案做了详细的报道。 报道有一个吓人的标题：《变态杀手神秘出击，光天化日连杀两人》。 我看了标题就知道这是那个娃娃脸记者写的。 我开始读报。

（本报讯）几天之前，发生在本市宿盛街 2 号和南站出租房的连环杀人案，目前警方正在全力侦查，侦查工作进展顺利。 杀人犯已浮出水面，原来是一性无能的变态狂。

经记者多方了解，杀人者系一个叫顾信仰的五十多岁的男性。 此人长期以来，爱好探别人隐私，曾多次在公园偷窥恋人谈情，在舞厅胡闹，跟踪服务小姐，丑态百出。

…………

我没想到，那个娃娃脸把嫌犯描述成这个样子。 我知道这样写是很能挑逗读者的，是能让读者愤怒并激发出强烈的正义感的。 这当然会给我们的工作带来被动。

果然，晚报的报道引起了市民强烈的反应。 我们局里的电话成了名副其实的热线。 许多人强烈要求给顾信仰以重刑，甚至有人要求立即毙了顾信仰。 在这种情况下，我前面所做的工作突然变得毫无意义。 我的上司不再对我的心理报告感兴趣。 这也是我们的传统，我前面说过，我们办案很大程度上要顾及"情势"这个东西。 现在的情势是顾信仰成了众矢之的。

但我还是认认真真地把这几天了解到的情况整理了出来。 我整理完报告后问老王，是不是有可能开会研讨一下这个案子？ 老王说，估计上面没有这样的打算了，恐怕嫌犯的命运早已定了。 老王说，你既然做完了，交上去得了。 于是我就把报告交到上司那儿。 上司头也没抬，说，你放那儿吧。

要说怎样处置顾信仰，我心里也很矛盾。 如果把这个人送进医院，那很难保证这个人从医院里出来后不再攻击他人；如果把他送到牢里，也不合适，很明显他的精神是不正常的，根据法律不应该追究他的责任。 那么怎样处置他呢，总不能再把他流放到礁岛上去吧。 我想来想去还真想不出好办法来，也许还是毙了这个怪物来得干脆。

寓言空间的建构

——艾伟中篇小说简论

吴义勤

　　艾伟的小说创作丰富而深广，其笔触不仅延伸进历史，也敏锐地触及现实。 历史与现实在他的笔下也并非呈现截然分离的状态或者二元对立的两极，而是在他建构起的寓言空间中水乳交融。 历史与现实看似是一条时间轴上相距甚远的两端，但在艾伟的小说中，历史与现实会产生某种延宕和错位，从而逐渐显露出表象下的结构性认知。 也在此意义上，作家对现实社会的反省和批判不仅停留于某一特定人物的品质或特定事件的前因后果，还透过形象和物象去追索造成这种普遍生存状态的现实境遇和历史因袭。

　　初读《到处都是我们的人》，与《组织部来了个年轻人》有异曲同工之意味。 不过，艾伟比王蒙更决绝。 王蒙至少留存有希望，"年轻人"的到来，或许会在一潭死水中激起浪花，艾伟却坚决道："到处都是我们的人。""我们的人"到底是怎样的人？ 其实这篇小说更像是一则黑色幽默，看似新写实般的手法，重点却并不在于描摹单位内部畸形的恋情，也不在于批判官僚主义、形式主义作风，而是揭示后革命时代的权力控制模式。所以，到处都存在的"我们的人"是金箍戴久了之后，即便有机会，也不愿意摘下的那样的人。小说的最后，诗人小郁的出场很有深意。他曾是体制内的一员，后来脱离了这个环境。原本不受待见的诗人小郁，因为发了财，"大家就比较服他"。此时作为诗人的他在这个单位即将解体的时刻出现，为马上各奔前程的各色人提供了新的工作机会，但没有一个人愿意接受，都想依旧留在体制内。于是诗人小郁在主席台上做了一番激情演说。他说取经成功后，孙悟空不愿意将金箍取下来，是因为"如果没有金箍，我就没有人管了呀，我就成了社会闲散人员，免不了要旧病复发，耍点流氓，未来没有保障啊"。以此为寓言外衣，小郁进一步说道："你们就是长安的悟空啊！你们就喜欢那个金套子啊。所以，孩猴们，再见了，我不同你们玩了！"小郁在这里似是扮演着启蒙者的角色，以期唤醒众人。先不论他是否有这个能力，其本身启蒙者身份的合法性就被怀疑。他在众人面前虚幻的地位，并不是依靠其诗人的特质获得，而是因为发了财，才暂时坐稳了这一位置。一旦他回归到"诗人"的身份，意图启蒙时，暂时坐稳的位置即刻瓦解。

《重案调查》这篇小说的寓言意味更加浓厚，透过一件性质恶劣的谋杀案，拨开杀人事件真相的同时，也层层揭露现实表象下的历史真相。小说开篇即为顾信仰自首的情节，警察从一开始的不理睬、不相信、不在乎，到看到血淋淋尸体后的震惊，采用悬置手法，层层拨开这一连杀两人的重犯顾信仰的塑造历史。 在这篇小说中，艾伟采用了类似复调的叙事结构。 通过嫌犯顾信仰的自白，其妻子、儿子的讲述，记者的调查，和叙述者的旁白等多重叙事声音的交织，共同"还原"杀人事件的"真相"。 时间似乎并不对顾信仰构成本质意义，他更像是生活在历史中的人物。 几十年如一日，独自坚守在小岛上生活，业余生活就是背诵《毛选》。 离开小岛后，他无法融入正常的社会生活，更无法与妻子、儿子融洽相处，顾信仰的信仰一次次坍塌。 一方面顾信仰无法适应在资本逻辑、欲望逻辑下运转的社会生活，另一方面他又无法控制自己原始的欲望，情不自禁地想要向其靠拢。 于是他成了一个矛盾、分裂的精神不正常人员。 小说虽然名为"重案调查"，但核心本质却并不在案件的真相，不在顾信仰的妻子是否真的出轨，不在顾信仰是否行为不检点，不在晚报记者所报道是否属实，重要的是什么样的历史因袭塑造了这形形色色的人和花花绿绿的物。

《小姐们》将《重案调查》的思考进一步加深，欲望逻辑、资本逻辑在戕害人性的同时，是否存在解放人性的另一重合理性呢？！ 母亲的去世，将冯兆娟兄弟姊妹四人又重新召集在了一起。 母亲辛苦拉扯四姐弟长大，却又强势而专横。 大哥兆根因为母亲的束缚终身未娶，但母亲对他的控制又何尝不是一种保护。 大姐兆曼逃离了母亲的掌控进入到城市，成了卖淫组织的老板。 大姐似乎成功反抗了母亲，却又

陷入另一重人性的悖论。 在回乡为母亲奔丧的时候，兆曼甚
至带来了几个她手下的小姐。 小弟兆军最受母亲偏爱，却成
了一个在村里无所事事的二流子。 母亲丧事期间不仅自己和
大姐带回来的小姐们厮混，甚至拉起了皮条。 小女儿兆娟听
从了母亲的意见，毕业后回到乡村当了一名老师，但婚姻生
活因为分居两地并没有多少幸福可言。 对于死亡，中国人原
是充满了敬畏。 但一场庄严的奔丧，却成为人性沦丧的表演
场。 轮番登场的众人丑态毕现。 乡村与城市、小姐与村民
此时都不再是道德的两极，而共同下场参与了这场表演，似
乎不分彼此。 历史的乌托邦崩塌，现实的斗兽场角逐激烈。
唯一的例外似乎只有兆娟十几岁的儿子红宇。 但这个少年对
城市和小姐们爱恨交织的复杂情感，又使得整个小说暧昧不
明。

图书在版编目（CIP）数据

到处都是我们的人/艾伟著；吴义勤主编. --郑州：河南文艺出版社，2021.8

（百年中篇小说名家经典 / 何向阳总主编）

ISBN 978-7-5559-1143-2

Ⅰ.①到…　Ⅱ.①艾…②吴…　Ⅲ.①中篇小说-小说集-中国-当代　Ⅳ.①I247.5

中国版本图书馆 CIP 数据核字（2021）第 130899 号

丛书策划	陈　杰　杨彦玲		
本书策划	梁素娟	责任校对	殷现堂
责任编辑	梁素娟	责任印制	陈少强
丛书统筹	李亚楠	书籍设计	书籍/设计/工坊 刘运来工作室

到处都是我们的人

DAOCHU DOUSHI WOMEN DE REN

出版发行	河南文艺出版社
本社地址	郑州市郑东新区祥盛街 27 号 C 座 5 楼
承印单位	河南瑞之光印刷股份有限公司
经销单位	新华书店
开　　本	787 毫米×1092 毫米　1/32
印　　张	6.75
字　　数	122 000
版　　次	2021 年 8 月第 1 版
印　　次	2021 年 8 月第 1 次印刷
定　　价	35.00 元

印厂地址　河南省武陟县产业集聚区东区（詹店镇）泰安路

邮政编码　454950　　电话　0371-63956290